Cuando se rompa el suelo

Cuando se rompa el suelo

Elena Ballvé

LUNWERG | Narrativa

La lectura abre horizontes, iguala oportunidades y construye una sociedad mejor.
La propiedad intelectual es clave en la creación de contenidos culturales porque sostiene el ecosistema de quienes escriben y de nuestras librerías.
Al comprar este libro estarás contribuyendo a mantener dicho ecosistema vivo y en crecimiento.
En **Grupo Planeta** agradecemos que nos ayudes a apoyar así la autonomía creativa de autoras y autores para que puedan seguir desempeñando su labor.
Dirígete a CEDRO (Centro Español de Derechos Reprográficos) si necesitas fotocopiar o escanear algún fragmento de esta obra. Puedes contactar con CEDRO a través de la web www.conlicencia.com o por teléfono en el 91 702 19 70 / 93 272 04 47.

© Elena Ballvé Martín, 2024

© Editorial Planeta, S. A., 2024
Lunwerg es un sello editorial de Editorial Planeta, S. A.
Avenida Diagonal, 662-664 – 08034 Barcelona
Calle Juan Ignacio Luca de Tena, 17 – 28027 Madrid
lunwerg@lunwerg.com
www.lunwerg.com
www.instagram.com/lunwerg
www.facebook.com/lunwerg
www.twitter.com/Lunwerglibros

Primera edición: junio de 2024
Depósito legal: B. 5.625-2024
ISBN: 978-84-19875-82-2
Impresión y encuadernación: Gómez Aparicio
Printed in Spain – Impreso en España

SUMARIO

Verano, *7*

Otoño, *55*

Invierno, *103*

Primavera, *173*

VERANO

No tengo miedo a las arañas, es otra cosa. No tengo miedo al año, ni a mi piel, ni al verano, ni al andamio que tengo enfrente.

Es más como un silencio seguido de un pitido. Pero un pitido muy agudo, de esos que solo pueden oír algunas personas. Un sonido que al principio es muy pequeño, casi imperceptible, pero que con el tiempo crece y crece hasta comerse la conversación, la avenida, la gente de mi alrededor y, al final, los sonidos de toda Barcelona.

Si esto fuese una película, reventaría los oídos de quienes la vieran y los arrancaría del cine para dejarme descontextualizada en la pantalla en un primer plano. Sola sin fondo, sin voz y sin miedo. No es miedo. No le tengo miedo al instante en el que Àlex, sentado a mi lado, repite que no sabe nada.

Hace rato que busca formas menos terribles de decir, otra vez, exactamente lo mismo. O tengo esa sensación, porque ya no estoy escuchando. Intenta llamar mi atención pronunciando mi nombre una vez por minuto. Entonces levanto la mirada del suelo y la poso en su cara, pero luego la bajo de nuevo hacia el asfalto y su voz vuelve a sonar lejos, como si yo estuviera encerrada en un cuarto y él fuera intentando sacarme.

Son alrededor de las ocho y media de la tarde y llevamos sentados en ese banco unas dos horas. Si hubiera sabido que íbamos a tener la conversación que estamos teniendo, habría elegido un sitio más bonito, más melancólico y recogido. Un lugar privado que me reconfortase un poco. Como no lo sabía, he agarrado a Àlex de la mano y lo he llevado a un banco sucio, feo y situado frente a un andamio lleno de hombres que gritan.

Cada vez que pasa una persona por delante de nosotros la observo con atención y deseo muy fuerte ser ella. Estar en otro cuerpo viviendo otro presente. Muchas veces me miran de vuelta y les pido en silencio que pasen de largo rápido; nadie debería poder vernos así. Pero sigo buscando sus ojos y, cuando los encuentro, aguanto la mirada hasta que la otra persona la aparta, no sin antes mirar a Àlex.

En la última hora no me he movido ni un centímetro. Estoy así desde que la conversación ha derivado de los planes de verano que haremos juntos a un posible futuro sin esos planes. Me he quedado encogida, con las piernas pegadas con tanta fuerza al pecho que me duelen las ingles. Pero no me atrevo a cambiar de postura, como si al hacerlo fuera a aceptar lo que Àlex ha dicho y que ya es el después de que me haya confesado que duda de nosotros, de mí, que no sabe qué hacer con ello, ni de dónde viene.

Cuando él pone las manos sobre las mías veo que me estoy clavando las uñas en la piel de las rodillas. Se han quedado rojas, hinchadas y con cuatro medias lunas marcadas de forma profunda en cada una de ellas.

—Abril.

Vuelvo a levantar la vista del asfalto, poco a poco. Recorro con la mirada sus bambas gastadas y sus piernas peludas, subo hacia sus bermudas negras y me detengo un segundo en su camiseta, que lleva la portada de *Settle* de Disclosure estampada. Me quedo mirando sus labios mientras dicen:

—Para, te vas a hacer daño.

Cada vez que termina la primavera tengo la sensación de que el verano va a ser el mejor momento del año, pero luego quema y molesta. Imagino algo que después no es, me pasa con muchas cosas. Con la tarde, con el banco delante del andamio, con volver a casa.

Entro en un piso que podría ser el de otra familia. No queda nada de la luz que había cuando he salido, y eso que las tardes de junio son muy largas. Acompaño la puerta a su cierre muy tranquila para no asustar a nadie, aunque estoy sola.

Paso por todas las habitaciones con los ojos muy abiertos, buscando algo que no sé qué es. La última es la cocina. Me quedo parada en la puerta, hasta que la recorro tirándome del pelo mil veces, siempre con cierta prisa por empezar de nuevo: mesa, puerta, nevera, los dedos hundidos en el pelo.

En un punto me acuerdo de que debería cenar. En los estantes de la nevera hay dos yogures, un táper de arroz medio vacío y la cena que había comprado para Àlex y para mí cuando pensaba que sería un día bonito. Me lo pienso un poco, pero termino cogiendo las sobras de arroz. Las meto en el microondas, el táper empieza a dar vueltas y me miro en el reflejo de la puerta. Me sonrío porque me da la sensación de que así estaré mejor.

La sonrisa resulta ser como la tarde, el banco y el piso. Pita el microondas, el plato deja de girar y yo, de sonreír.

Siento algo similar a un hipo de aquellos que duelen, como una punzada de aire atravesado. Agua, pienso que solo necesito agua: cojo un vaso muy grande y lo lleno tan hasta arriba que rebosa. No me da tiempo a beber, se me resbala y cae. Muchos pedazos de cristal corren por el suelo para alejarse de mí.

Creo que me fallan las piernas, me deslizo hasta que las rodillas tocan las baldosas y el contacto con la piel escuece. Curvo la espalda y me convierto en una bola de carne rodeada de trozos de cristal.

Si no me muevo, no me corto. Sé que los minutos pasan porque el microondas sigue pitando.

No sé qué hora es cuando recojo rápido el vaso. Intento no hacerme daño, pero se me clava un cristal diminuto en la yema de un dedo. Es un trozo tan pequeño que no lo encuentro, solo lo siento atravesarme la piel.

Después me castañean los dientes a veinticinco grados de temperatura y me duelen los músculos sin estar enferma. Deambulo por la casa hablando sola, inventando hipótesis, haciéndome preguntas. Busco en internet tonterías de las que no sé nada: cuánto rato seguido se puede llegar a sufrir, si se pueden parar los cambios, cómo dormir sin soñar. Las respuestas son siempre ambiguas.

Leo algo sobre pastillas: voy al baño y acumulo unas cuantas. Meto la cabeza debajo del fregadero. El chorro me entra por la nariz, me cae por la cara, me moja el pelo. Me trago dos.

Enseguida oigo que abren la puerta de casa y me las llevo a mi cuarto; dejo que se me fundan en la palma de la mano mientras me hundo en la cama. Me esfuerzo en no ser yo, en imaginar estar en otra parte hasta conseguir creérmelo. Pienso que ni ha pasado, ni pasa, ni pasará nada. Que todo está bien. Lo pienso tanto que por un momento se me olvida el presente y quién soy, me tranquilizo.

Pero alguien dice mi nombre. Son mis padres al otro lado de la puerta de mi cuarto, que susurran:

—Si no contesta es que está durmiendo.

No consigo dormirme hasta muy tarde y me despierto cada cuarenta y cinco minutos, más o menos. Por la mañana, me repito la conversación con Àlex tantas veces que al final no sé si es real o si la he imaginado. Me encallo en leer conversaciones antiguas de WhatsApp, como si en lo dicho por escrito pudiera ver nuestro pasado y entenderlo mejor. Con el paso de las horas me sumerjo en palabras que ya no existen, de manera que, al oír la puerta de la habitación abriéndose, me asusto.

—Cómo te escaqueas de ayudar. —Es mi madre—. Ya está la comida.

Dejo ir un sonido neutro entonces y cuando me pregunta si me pasa algo. Ante mi silencio, añade:

—Cuando te vayas a Riga ya me echarás de menos.

Solo entonces me incorporo y contesto.

—Si a ti te ayuda pensarlo…

Como con mis padres de forma automática y paso la tarde en casa intentando esquivar el calor, pero el verano es cruel porque se cuela en todas partes: en el sofá, en mi cuerpo, en mi cama. Busco fotos de Letonia para encontrar un invierno que no conozco. Leo foros de estudiantes Erasmus y otras webs poco fiables para hacerme una idea de cómo es y así alejarme de la noche anterior.

Pongo en duda los planes de invierno con Àlex igual que hizo él con los de verano. Construyo una Riga ficticia en mi cabeza y lo meto en ella sin saber si realmente vendrá a verme cuando me vaya en enero, si me irá bien irme, si irse es solo coger un avión o si puede una alejarse sin haberse ido. Imagino muchas versiones de los meses siguientes, unas son más feas que otras.

Para cuando se hace de noche he estado en tantos eneros que me mareo, pero echo la culpa al calor.

Por las mañanas me despierto con ganas de que termine el día, igual que si fuese a pasar algo muy importante y quisiera quitármelo cuanto antes de encima. Dejo que pasen las horas con esas ansias, que el tiempo se contamine del propio paso del tiempo.

Por la tarde me meto en el baño. Me encuentro a mi madre sin camiseta mirándose en el espejo, con una mano al lado del pecho. Esparzo sobre la repisa los pocos productos que he ido acumulando a lo largo de los años. Mancho los dedos en una sombra de ojos y me la arrastro sin gracia por los párpados.

—Voy a ir al ginecólogo —dice ella.

—Yo he quedado —contesto mientras intento arreglar el estropicio usando los dedos limpios que me quedan.

—Es que me noto algo. —Dejo de pintarme y la miro.

—¿En plan qué?

—Como un bulto aquí —añade tocándose un punto en concreto y frunciendo el ceño.

—¿A ver? —Lo toco yo también.

Ella me coge la mano y me pasa los dedos por ese punto. Noto una bola dura que se marca ligeramente en la piel. Ya hemos tenido esta conversación antes.

—Mamá, nunca es nada —digo poniéndome un *eyeliner*—. O sea, ve a que te lo miren para que te quedes tranquila, pero no es nada.

—Sí, voy a ir ahora. ¿Con quién has quedado?

—Con Àlex, me tengo que ir.

—Ah, que lo paséis bien, pues —dice sonriendo.

Mi madre se pone contenta siempre que quedo con él. Dice que es un chico guapo, inteligente y con futuro, que estudia algo de lo que hay trabajo, que tiene la cabeza ordenada. Él tiene muchas cosas buenas.

Cuando una mano me toca la cabeza no me asusto porque la reconozco. Se sienta a mi derecha y echa un vistazo a las olas, que rompen a pocos metros de nosotros. Lleva una sudadera ancha y la capucha puesta. Después me mira a mí y examina a fondo mi expresión antes de preguntarme cómo estoy.

Clavo una ramita en la arena y me pongo a hacer círculos con el extremo que me queda en la mano, dejando que la arena de los alrededores vaya cayendo en el centro hasta quedar hundida.

—Un poco *així, saps?*

Él se ríe, me quita la ramita, duda. Al final la rompe en dos trozos y los tira.

—Yo estoy pensativo, pero no sé cómo representarlo.

Nos quedamos en silencio. Apoyo la cabeza en su hombro y él me abraza con el brazo izquierdo. Mi cara queda al lado de su cuello, que huele al jabón de cuerpo que usa.

Àlex se pone a toquetear las puntas de mi pelo y me avisa cada vez que ve una que está abierta. Entonces yo la cojo y arranco la parte estropeada. Fuera, como si nunca hubiera existido. Llegado un punto, Àlex termina viendo tantas que deja de avisarme y solo dice:

—Tienes que cortarte el pelo.

Nosotros acabamos de llegar, pero la gente que tenemos alrededor empieza a levantarse y a recoger sus cosas. Los últimos rayos de sol se esconden y la playa se vuelve azul. Así el mar parece más mar, más oscuro y menos parte de la ciudad. En unos minutos se irá también esa luz y ya no quedará nada: se verán solo las olas contra la arena, sin horizonte y sin contexto.

—¿No te gustaría poder hacer que la luz durase más? —digo.

—A ti te gustaría controlar cualquier cambio —suspira, pero cuando ve que me quedo seria se ríe y añade—: Quiero decir, poder elegir cuándo las cosas pequeñas cambian para poder despedirte y eso que haces.

Observo su cara como si pudiera desvanecerse en cualquier momento y quisiera retenerla igual que a la luz: tiene pecas distribuidas solo en el lado derecho de la cara, una sonrisa con un diente roto y un pendiente en la oreja izquierda. Se lo hizo con dieciocho años y lo acompañé. La oreja se le puso roja y caliente, él se agobió y yo le dije que se la tendrían que cortar.

—Pero entonces tendría que tomar demasiadas decisiones. Supongo que está bien como está.

Comentamos lo que hemos hecho durante el día. Le cuento que he pasado la mañana fatal, que anoche casi me quería morir, me río. A Àlex le hace gracia al principio, pero enseguida pone cara de angustia.

—No debería haberte vomitado todo eso ayer, Abril. No iba a parar a ninguna parte.

El mar va y viene con más fuerza según la ocasión. Cuando golpea contra el rompeolas, el agua atrapa las rocas y las vuelve islas por un segundo. Luego, penínsulas. Después son rocas otra vez.

—No pasa nada, quizá dentro de un tiempo ya no nos acordaremos del día de ayer —digo dejando la mano en su regazo.

Cuando la ve, la coge y se la lleva a los labios.

—Àlex, ¿crees que cuando seamos muy mayores nos acordaremos de nuestra cara de verdad? ¿O nos la inventaremos para hacer como que nos acordamos?

Àlex se lo piensa mucho.

—No creo que me pueda olvidar de tu cara.

—Pero cuando sea vieja tendré otra cara. ¿Recordarás esa?

—Supongo que te recordaré como seas cuando tengas noventa años cuando yo también los tenga.

—¿Y crees que seré guapa entonces?

—No.

La conversación se termina de golpe. Me separo de Àlex muy rápido y le suplico que coja mis cosas, que las aleje de las rocas. Él sigue mi mirada hasta una araña negra, que avanza lentamente hacia sus zapatos. Muy tranquilo, la asusta para volver a meterla entre las rocas mientras yo me obligo a mirar la ciudad con los dedos de las manos enredados entre sí.

Una vez de pie y a mi lado, Àlex me pasa mi bolsa y me acaricia el brazo, me calma con sus palabras. Pero luego, cuando ya nos vamos, añade:

—No puedes huir de este miedo para siempre. ¿Qué vas a hacer?

Las siguientes horas no hago gran cosa. Al llegar suelto un saludo general y voy directa a mi cuarto sin ver a nadie. Cierro la puerta y me tumbo en la cama dispuesta a pasar el rato viendo fotos de vidas que no sean la mía, pero mi madre llama a la puerta.

Al principio no hago caso, pero cuando insiste me veo obligada a levantarme.

—¿Qué pasa? —digo.

—¿Qué tal con Àlex?

—Sin más, bien. —Se produce un silencio; me impaciento—. ¿Querías algo? ¿Has ido al gine al final?

—Sí. Sí, quería hablarte de eso. ¿Quieres que nos sentemos?

—No. ¿Qué pasa?

—¿Vamos al salón?

Me cuesta unos segundos más convencerla de que me cuente lo que ha pasado allí mismo, pero cuando lo hace me arrepiento porque le han diagnosticado cáncer de mama.

En el pasillo, sin decidirnos a trasladar la conversación a ningún lugar que no sea de paso, me cuenta lo que le han explicado, que de momento no es más que un titular. Asiento mucho y hablo poco. Cuando se nos acaban las frases, me meto en mi habitación y me siento muy al borde de la cama, pero vuelvo a levantarme.

—Mamá —la llamo.

Ella se asoma desde su cuarto.

—No será como el de la tía. Irá bien —le digo.

—Sí. Y tú te irás fuera, terminarás la uni.

Vuelvo al borde de la cama. Voy a la lista de favoritos en los contactos del móvil y le doy al tercero. Espero impaciente mientras suena el pitido de cuando no te contestan. Por fin descuelga y me saluda. Pienso que en su lado del teléfono mi madre todavía está bien.

—Àlex.

Se lo cuento sin más. Ni le doy vueltas, ni me asusto, ni me tiembla la voz cuando no me entiende y se lo tengo que repetir. Luego, silencio: decir algo en las ocasiones en las que hay que decir algo nunca ha sido su fuerte. Termino llenando su espacio con frases del estilo que no se preocupe, que ya tiene una visita programada en el hospital, que la gente da dinero para esto comprando compresas y tal, y que es 2017, la gente se cura, ¿no?, y, al final:

—¿Hola? ¿Estás aquí?

Durante los días siguientes veo más películas que en todos los meses anteriores del año. Mientras, ignoro mi móvil cada una de las veces que se ilumina con los mensajes de Nora: que está de camino, que dónde estoy, que por qué la dejo plantada. Se me olvidan los planes que tenía, contestar y buscar excusas. Así que dejo pasar los minutos sin escribir nada ni pedir perdón.

Me atrinchero en mi cuarto bebiendo una taza de café tras otra y pintando una página vacía de mi diario tras otra. Mancho sin querer mis dibujos con café derramado y los estropeo; intento arreglarlos y los empeoro en todas las ocasiones, excepto una. Esa vez decido aprovechar la forma de la mancha y dejar que se seque, ser paciente. Después la resigo con pintura y la convierto en un nubarrón. Así, tirado encima de lo que estaba pintando, pero haciéndome mío mi propio desliz, siento que la página es más bonita. Que tomo el control de los cambios antes de que cambien sin mí.

Después de una disculpa virtual, invito a Nora a mi barrio a ver aviones diminutos acercarse y alejarse de Barcelona. Jugamos a adivinar a dónde va cada uno de ellos, si dentro llevan más gente que va o que vuelve, si tendrán un buen vuelo o si encontrarán turbulencias. Nos gusta agarrarnos a detalles que no dependen de nosotras e inventarnos historias que sí lo hagan.

La madre de Nora murió de cáncer cuando éramos pequeñas, así que le cuento rápido lo de la mía, como si no esperase ninguna reacción por su parte. Aun así, ella me abraza mucho y nos perdemos unos cuantos aviones mientras hablamos sobre el tema.

Repito para ella las palabras que me dijo mi madre, lo que sé. También repito para ella las cosas que se me pasan por la cabeza, lo que no sé. Sin querer, me pongo a enumerar cómo han acabado los enfermos que he tenido cerca —mal—, y dudo hasta el último segundo sobre si es mejor mencionar a su familia o no hacerlo; opto por crear silencios polivalentes entre palabras.

Intento volver a mirar los aviones y, en un momento en el que veo hasta cuatro acercándose al aeropuerto a la vez, hablo de las ausencias de hace años y de las libretas que he echado a perder a lo largo de mi vida. Al final, y por suerte, Nora me interrumpe.

De una enfermedad no tienes el control, dice, es mejor no darle vueltas. Quiere que me centre en lo que sí puedo cambiar y me cuenta que a ella le ayudaba pensar en qué podía cambiar y cambiarlo.

Uno de los aviones aterriza.

—I com sabies què s'havia de canviar i què no? —pregunto.

—No ho sabia.

—I si m'equivoco?

—Doncs t'equivoques. Poques coses són irreversibles.

Aterriza otro. Le confieso que a veces tengo la sensación de que es mejor no saber nada sobre nada. No pensar tanto. Y Nora canta *The less I know the better* antes de contestar, mirando el móvil y mientras aterrizan el tercer y el cuarto avión, que a ella también le pasa, pero que hay cosas que son más accesibles de lo que creemos solo conociéndolas.

—¿En plan?

Mientras otro despega, se pone a argumentar que todos estos aviones son inaccesibles. O que lo parecen, al menos. Que no sabemos nunca a dónde van, ni de dónde vuelven. Que son ajenos a nosotras.

—Però jo, en canvi, sé que aquell avió —dice señalando el que acaba de salir— va a Londres.

Y sabiéndolo ya parece que lo conocemos mejor, termina. A mí me cuesta entender cómo se puede afirmar algo con tanta seguridad, así que le pregunto si habla de una de esas cosas en las que si dices algo muy convencida pasa a ser verdad.

—Què? No, vaya parida. Ho dic perquè és veritat, mira.

Enfoca con su móvil el cielo y, en la pantalla, en una imagen real de lo que vemos nosotras, aparecen decenas de cartelitos con distintos nombres de ciudades que se mueven a la misma velocidad que los aviones. Ella elige el que se mueve igual que el nuestro. BCN-LON.

—Veus?

Le doy un golpe en el brazo.

—Tramposa.

—Bueno, però ara que saps on va, l'avió és més teu, no?

Nos quedamos ahí hasta que empieza a oscurecer. Acompaño a Nora hasta la parada de metro mientras me cuenta un problema que ha tenido en el curro. Cuando se acaba la conversación, nos despedimos. Le pido que me mande la *app* de los aviones.

Sigo ensuciando mi libreta sin querer. Pero empiezo a pintar todas las manchas, a hacer de ellas algo con sentido. Dejo de arrugar las páginas sucias y las convierto en páginas sucias a secas. Las llevo conmigo cuando me encuentro con Àlex el día siguiente.

Nos vemos en el monte al que solíamos ir después de clase, cuando todavía estábamos en el instituto y nos veíamos cada tarde. Nuestro punto favorito está un poco entre los árboles, alejado del camino, justo al lado de una valla metálica desde la que se ve el atardecer sobre la ciudad. Creo que le he propuesto ese lugar por si se me contagia lo que queda ahí de la Abril de hace tiempo, la que no evitaba el futuro precipitándolo.

Ahí arriba se ve Barcelona entera bajo la línea del mar. Pero más que en el paisaje, él se fija en el diario, que descansa en mi falda, y me pregunta si le puedo enseñar lo que hay dentro.

—Todo tuyo.

Abre la libreta. Le explico de dónde vienen todos los dibujos, todas las páginas, todas las manchas. Àlex los mira muchas veces, intentando hacerlo siempre como si fuera la primera.

Lo único que dice es que son un poco grises, lo único que contesto es que debería añadir colores. Se pone a reseguir los bordes de mis trazos con el dedo, muy tranquilo. Luego dice que le gustan mucho, me da las gracias por enseñárselos. Cuando me los devuelve, repaso los bordes de los dibujos con el dedo igual que ha hecho él.

—A mí no me encantan.

Después cierro la libreta y me fijo en las nubes que hay en el horizonte. Parece que vendrá mal tiempo, se lo digo a Àlex, señalando la parte oscura de la ciudad.

—De momento hace muy buen día —dice él.

—Pero después vendrá tormenta —digo yo.

Empieza a soplar un viento tranquilo. Al principio noto un cosquilleo en las mejillas, se me mueve el pelo. Enseguida cojo la libreta para tenerla entre las manos.

—¿Has pensado en lo que me dijiste? ¿En las dudas? —pregunto.

—No, creo que simplemente eren dudas normales.

—¿Y qué significan?

Àlex se queda en silencio porque se le da bien estar en silencio. No nos decimos nada hasta que decide contestar.

—Que tengo veintiún años. Que estoy vivo. Que pienso las cosas. Ya está.

Barcelona está tranquila desde ahí, me fijo en ella para comprobar que los segundos siguen pasando. En el mar, los barcos empiezan a desaparecer uno a uno.

—No quiero que si pasa algo con mi madre tengas que cargar con ello. No quiero estar ausente —digo.

—Pero no estás ausente, estás aquí.

—¿Y dentro de un tiempo?

La luz del sol pasa a través de los árboles y su sombra proyecta en el suelo diferentes formas a mi lado. Se mueven con la brisa y parecen nubarrones sobre la hierba, o caras deformadas sobre la hierba, o algo indefinido sobre la hierba.

Le digo a Àlex que tenemos que dejarlo. Insisto en que no es porque me apetezca. Su cara no cambia demasiado, se queda tan igual que parece que no me haya oído, pero después responde:

—No lo entiendo. Si no quieres, ¿por qué lo dices?

Y después de quedarme callada pensando en los aviones y sus destinos, los cambios, la madre de Nora, las pelis que he visto y el aspecto que tendremos cuando tengamos noventa años, me encojo de hombros y, con los labios fruncidos, añado:

—Intento hacer lo que imagino que tengo que hacer.

Una hora más tarde, después de hablar de qué haremos, de cómo y de quiénes seremos a partir de ese instante, empieza a tronar. Yo me lamento diciendo algo como «al final es un día feo», y nos damos un abrazo muy largo. También nos damos la mano mientras lo acompaño a la parada de autobús. Nos cogemos muy fuerte y parecemos felices, como si estuviéramos en el instituto y nos fuéramos a ver a las ocho en clase al día siguiente y el futuro nos quedase lejos.

—Se me hace extraño pensar que todo será distinto —digo.

—Quizá distinto no es peor —dice.

Me coge la cabeza suavemente y me da un beso encima de la frente, donde me crece el pelo. Ya en la marquesina, una señora mayor nos ve juntos y nos sonríe, Àlex es amable con ella y le sonríe igual. Deseo que el bus no llegue nunca, que nos quedemos con esa señora para siempre, pero un minuto más tarde aparece al final de la calle.

Me digo que prefiero perderme lo que esté por venir antes que seguir adelante en el tiempo. El bus abre las puertas delante de nosotros: se termina el momento y el día, Àlex se aleja y se nos rompe el imán.

Vuelvo a casa bajo una tormenta de verano. Intento convencerme de que sabré curarme y durante un rato creo de verdad que no me siento tan mal, que estaré bien, pero me lo parece porque incluso al sentir voy tarde.

Paso la noche despierta, viendo rápido en mi cabeza escenas de nuestro pasado, como imagino que hace la gente justo antes de morir. Pero por la mañana finjo normalidad conmigo misma y funciona, porque consigo sacarme de la cama, ducharme, vestirme, abrir el grupo de WhatsApp de mis amigas y escribir algo como «d'acord, ja passaré».

En el metro, aumento el volumen de la música para que la estación, las cucarachas, la gente, el tren y los túneles no eclipsen mis canciones. Me subo a uno de los vagones viejos que todavía quedan en la L3, los que se estropean a menudo y me sirven como excusa para llegar veinte minutos después de la hora acordada.

Las noticias que llevo encima son un peso que arrastro durante todo el trayecto; la Abril que tienen en mente mis amigas es otra, la de hace días. Intento recordar qué es lo último que saben sobre mí para no desentonar demasiado.

En cada una de las paradas que separan la mía del centro me planteo una forma distinta de contarles lo que ha pasado. Decirlo de golpe, rápido, lento, con sensibilidad o sin. Cuando llego a *plaça* Catalunya estoy tan metida en mí misma que bajo únicamente porque me conozco tan de memoria el recorrido que lo hago de forma automática.

Conecto solo un segundo, cuando un tío silba y me roza el culo al subir las escaleras. Insulto al aire porque lo pierdo de vista. Las Ramblas están tan bonitas y llenas de gente como siempre. De gente que ofrece droga, de hombres que venden artilugios extraños, de guiris que te cierran el paso para hacerse una foto. Y de niños, de helados, de idiomas. Giro por Tallers.

Esa vez no me fijo en la ropa de las tiendas de segunda mano, ni en las personas con las que me cruzo por si me encuentro a alguien, ni en lo mucho que me gusta Ciutat Vella a pesar de las situaciones y los olores raros. Pienso solo en si lo diré de golpe, rápido, lento, con sensibilidad o sin. No cuento colores entre la ropa tendida en los balcones, ni evito los charcos en el empedrado del suelo. ¿Lo diré bien o lo diré mal? No paso por delante del CCCB, ni de la Filmoteca, ni de ninguno de los sitios que hace años no estaban y después sí. ¿Realmente lo diré?

No estoy donde estoy. Incluso ignoro a unos guiris cuando me dirigen la palabra para preguntar algo. Hago como si no me hubiera dado cuenta, como si la música en mis cascos estuviera mucho más alta. Si finjo no oír a nadie, no oigo a nadie y pasar de largo no está mal.

La mesa está pegajosa, manchada y llena de círculos y charquitos de agua, botellas de birra, trocitos de las etiquetas que Laila ha arrancado y diseccionado, copas medio vacías y el móvil de Emma, aunque sabe que si lo va dejando por ahí un día se lo van a robar. Hace un calor de los que nos fusiona en uno con todos los objetos que tocamos; la humedad de Barcelona nos pega la ropa al cuerpo, los muslos a la silla, los brazos al torso.

Estamos sentadas medio cubiertas por la sombra de los árboles de la plaza. Casi tan fuerte como los gritos infantiles y las conversaciones ajenas, se oye el sonido de las hojas moviéndose por la brisa encima de nosotras. Las cinco vamos vestidas de colores y el responsable es el efecto de primeros de julio: la ilusión de un verano que solo empieza, que todavía no se ha transformado en un cúmulo de semanas abrasadoras que distorsionan el paso del tiempo.

Laila me pone al día de la historia sobre un rollo raro que tiene con una amiga suya, hay novedades y yo soy la única que no sabe el principio. Me hace gracia su forma de contarlo porque habla de todo como si nadie la estuviera escuchando, como si nadie pudiera tener una opinión sobre lo que dice. Me esfuerzo mucho por escuchar y no hacer con ella como con los guiris, la ropa de los balcones o los charcos del suelo.

Luego la conversación deambula entre recordar la última noche que salimos juntas, hablar sobre viajes que podríamos hacer durante el verano y que con toda seguridad no haremos y comentar lo que ha subido a Insta un tío de clase que parece que manda a tomar por culo la carrera. Nora cuenta que en la tienda le deben mayo, todavía, y Laila le pone una mano sobre la espalda y dice:

—*Tranquil·la*. Si encuentras tu vocación *i t'esforces molt*, serás tu propia jefa y cobrarás por vivir viajando.

Yo pienso en el trayecto de metro y en las opciones que me han pasado por la cabeza en cada parada. Pienso en el avión que iba de Barcelona a Londres y en lo que dijo Nora, lo de que saber a dónde iba lo hacía más mío; yo no sé a dónde van mis decisiones. Cojo la cerveza con las dos manos y mucha fuerza, como si fuera lo único que me mantuviera pegada a la tierra.

No me doy cuenta de que llevo un minuto mirando fijamente la copa hasta que Emma dice mi nombre y comenta que estoy muy callada. Se hace el silencio y las demás me miran. Los últimos días corretean por mi mente de forma tan caótica que terminan chocando entre ellos y destruyéndose.

—Perdó, estic cansada.

Tampoco es mentira. Nora, que me conoce desde que le lloraba al coche de mi padre al dejarme en parvulario y que terminó haciendo la misma carrera que yo, fija los ojos en mí y levanta las cejas. No quiero hablar de un avión sin destino, ni de una decisión que no entiendo, ni de nada que dependa de mí. Así que cuando Laila insiste y pregunta si me pasa algo, anuncio solo que mi madre está enferma.

Repito lo mismo que he dicho las otras veces: lo que sé —poco—, lo que no —mucho— y a qué hospital iremos, qué haremos. Me preguntan cosas como qué cáncer es, cómo se dio cuenta, cómo está ella. Luego Laila dice que su abuela se lo encontró igual, que tuvo el mismo.

Yo pregunto:

—I què tal? Està bé?

Y ella contesta, como si se acordase de golpe de esa parte de la historia:

—Ai, va morir.

Los consuelos de unas y de las otras se pisan. Que mi madre no se va a morir, que no lo decía por nada, que seguro que irá genial. Me dan un abrazo colectivo y, cuando me preguntan si estoy bien, contesto que sí con tanta convicción que un minuto más tarde estamos hablando de otra cosa.

Cuanto más se alarga la conversación, más prisa tengo. Olvido lo que me queda en la copa y por contar, me levanto. Anuncio que me voy como si fuera una decisión que no dependiese de mí y ellas se lamentan: por qué, a dónde, qué pena. Sí, pero tengo algo, tengo que marcharme.

Una vez lejos me doy cuenta de que en realidad no quiero irme a casa, ni estar sola. Hago el mismo recorrido de antes al revés, en dirección a mi barrio, y al llegar a las Ramblas me paro. Me quedo mirando la boca del metro al final del paseo, justo antes de *plaça* Catalunya. Es un hoyo en el que no para de entrar y salir gente. No, no quiero irme a casa.

Me doy la vuelta y empiezo a bajar la calle en dirección al mar, dejando el metro a mi espalda. Un hombre se me acerca y me pregunta si esa noche voy a salir, me ofrece un *flyer*.

—No, gracias.

Él me sonríe e insiste con argumentos válidos, tipo que una chica tan guapa como yo no se va a quedar en casa una noche de verano como esa. Cuatro años antes hubiera cogido el *flyer* y hubiera terminado feliz en el suelo de un local. Entonces las Ramblas parecían eternas y las recorría entre los brazos de Àlex y de Nora, apoyando la cabeza en los hombros de uno y de la otra, y veíamos nuestro alrededor solo a trompicones.

Girábamos por Ferran, andábamos hasta Sant Jaume y entrábamos en un bar del *carrer* Paradís. Allí nos encontrábamos con más gente para ir juntos a Vila Olímpica, donde le vendían cualquier droga a cualquiera y las copas eran baratas o gratis si eras una chica de unos quince o dieciséis años. Pronto nos dimos cuenta de que pagábamos de todas formas: los locales, vacíos cuando llegábamos, se llenaban de hombres que se acercaban a tocarnos y meternos mano tan pronto como nos situábamos en la pista. Era un asco que soportamos cada vez menos, cada vez peor.

Le digo que no, me lo quito de encima. Una vez que Drassanes queda atrás voy directa hacia el mar, donde me siento en el bordillo del paseo, junto a los amarres de los barcos, y dejo los pies colgando. Mi mente se queda en blanco un segundo y me meto en Instagram para llenarla. Mis amigas y el resto del mundo se lo pasan bien. Debería haberme quedado con ellas, pero ya está.

Me rodeo el cuerpo y me aprieto muy fuerte, como si pudiese huir de mí misma en cualquier momento y pretendiera encerrarme. Pongo la música alta otra vez, aunque no me hable ningún guiri ni nada, y me dedico a andar hasta que me pican las piernas.

Los siguientes días de julio llegan y se van mientras me convierto en una pendiente pronunciada por la que no se puede hacer más que precipitarse. Empiezo a cargar con el peso del cuerpo incluso cuando estoy tumbada. Paso las noches inquieta e incómoda, reproduciendo en bucle toda la relación con Àlex, con mi madre, conmigo misma, como una de las pelis malas que ponen en la tele una y otra vez. Me pregunto si lidiar con las decisiones correctas es así.

Las veces que, por acumulación de cansancio, consigo dormir, tengo una pesadilla tras otra y me despierto llorando. Con todo, las mañanas resultan ser más noche que las mismas noches. Me levanto derrotada, con la sensación de que es de madrugada aun siendo mediodía.

Guardo la poca energía que tengo para fingir que hago cosas cuando oigo a mis padres al otro lado de la puerta. Parezco ocupada, aunque solo memorizo las grietas del techo de mi cuarto en las que antes no me había fijado, veo series que Àlex nunca vería y ocupo páginas de mi diario que la Abril de hace un año nunca habría llenado. Las ocupo con garabatos, letras de canciones, gris, azul, palabras nuevas que aprendo en internet. En una escribo todas las frases que canta Bon Iver en *8 (circle)*, haciéndolas más o menos grandes según cuán importantes me parecen. Luego me resulta estúpido y cierro la libreta con fuerza.

Me siento débil por sentirme tan mal; cuando ambas sensaciones ocupan tanto espacio físico que no caben en mi cuarto, salgo fuera. Me dedico a escalar mi barrio, a meterme tan dentro de sus calles que olvido dónde está la mía. Proyecto mi película mala en los muros llenos de arte urbano, los descampados, los hierbajos, las sillas y las mesas abandonadas, los huertos, el puente, las pintadas antifascistas, los caminos de tierra, las cuestas de tierra, los zapatos colgados de los cables, las casas de pueblo con y sin ventanas, las farolas pintadas con espray de colores, los montes aislados del resto de la ciudad y sus miradores.

Me subo a lo más alto. Desde allí arriba Barcelona es callada y recuerdo cómo era la ausencia de ruido, igual que al pasar por debajo de un puente en la autopista durante un diluvio. Me lleno el pantalón de polvo y hojas al sentarme en el suelo y paso los minutos más arriba que en cualquier otro sitio viendo cómo el viento mueve las sábanas tendidas en los tejados, cómo aparecen y desaparecen aviones junto a la torre de control del aeropuerto, cómo van de un lado a otro las cabinas del teleférico, cómo avanzan los veleros que se distinguen en el mar, cómo se acumulan los coches en las calles importantes.

Allí cualquier lugar se ve con distancia; casa es donde todo se ve más pequeño. Después vuelvo a mi calle y las cosas crecen hasta el tamaño normal.

Hago sustituciones en la tienda donde trabaja Nora y me da un motivo por el que salir, dinero para ahorrar. Durante mi turno pongo música y contesto llamadas sin prestar atención. Cuando me cruzo con Nora aprovecha para contarme novedades de su verano y a veces me pregunta cómo estoy.

—Bé, tia, anar fent.

—I ta mare?

Bien, también. Menciono sus visitas al médico y la fecha de la operación, cada vez más cercana. Ella asiente y me mira a los ojos, parece escucharme de verdad y me pregunto cómo lo hace.

En una llamada, Àlex también se interesa por mi madre; menciono sus visitas al médico y la fecha de la operación, cada vez más cercana.

—Y tú, ¿cómo estás?

Bien, claro. Se me enquistan las preguntas que no me atrevo a hacerle, lo que no me atrevo a contarle. Imagino que a él le pasa algo parecido porque muy a menudo terminamos hablando de otras personas, de otras relaciones, de tonterías. Cuando colgamos me aseguro de que sigo teniendo todas las extremidades, que no me he arrancado ninguna aunque así lo sienta.

Cada vez que vuelvo a casa y me encierro en mi cuarto me da la sensación de que ha encogido. Para ganar espacio, decido quitar lo que tengo colgado como decoración: las fotos, las postales, los cuadros, las dedicatorias, los recuerdos. Los de Àlex y los de todo el mundo. Las paredes se quedan blancas y ajenas; no hago nada para mejorarlas.

Cuando, horas más tarde, mi madre pasa por delante de mi habitación y la ve vacía, me pregunta por qué.

—Para cambiar —contesto, encogiéndome de hombros.

Sin entrar, se queda mirando las paredes, el desorden y el suelo.

—Lo que habría que cambiar es el suelo —dice.

La miro por primera vez desde que está en el umbral de la puerta y me doy cuenta de que tiene los ojos hinchados de llorar.

—¿Por qué? —pregunto.

—Está hecho polvo.

Nos quedamos en silencio y me pasa algo parecido a lo que me pasa con Àlex, así que espero callada a que termine la conversación.

—Pero da igual —dice poniéndose el pelo detrás de la oreja—, no es importante.

Desaparece por el pasillo moviendo la mano delante de ella, como si hubiera una mosca y quisiera apartarla.

Al día siguiente aparece con una pequeña ilustración de un mar.

—Es más bonita que el vacío, si te gusta es para ti.

Sonrío para indicar que sí me gusta, me levanto y la pongo contra una y otra pared. La coloco encima de la cama, de la mesa y de la cómoda.

—Hay tanto espacio libre que no sé dónde ponerla —le digo.

Mis amigas dicen de salir por ahí, menos mal. La música está tan alta que parece que me hayan metido el altavoz entre las costillas. Tengo la boca seca y el corazón a mil; no sé qué viene del ron y qué de la cola, pero estoy bien: luces de colores aquí y allá, mi pelo metiéndose en medio mientras bailo, mis amigas que me abrazan cada tantas canciones. Es más que suficiente. Por eso, cuando le regalo lo que me queda de cubata a un chico desconocido porque no lo quiero y él insiste en hablar, no le sigo mucho el rollo.

Se presenta como Nil; yo, como Emma. Me pregunta —al oído y gritando— si se puede fiar de mí y beber de mi vaso sin que le pase nada. Suelto unas cuantas tonterías seguidas y veo que al tal Nil le hacen gracia, pero no oigo su risa por culpa de la música. Me dice de ir a charlar un poco más para allá para no tener que gritar tanto.

Aunque siento que me van a petar los tímpanos, le digo que no porque no me apetece, pero sobre todo digo que no por no tener que dar explicaciones a mis amigas. El chico parece bastante normal porque me dice que vale muy tranquilo, sin hacerse el ofendido ni nada. Me pide si al menos le puedo dar mi Insta; no sé, se lo doy y ya está. Me sigue gente mucho peor.

—¿Por qué me has dicho que te llamas Emma, Abril? —dice enseñándome mi propio perfil.

Ni me acordaba de eso.

—Ah, no sé.

Luego le digo que me voy a bailar con mis amigas, él me sonríe y desaparece.

Una hora más tarde, desaparece todo lo demás. Lo bonito sube y cuando baja lo veo tal como es: cutre e irrelevante. Muevo la cabeza al ritmo de la música como si estuviera condenada a hacerlo para siempre; de un lado a otro, de un lado a otro. Y, de repente, estoy en el baño. De repente, estoy con el móvil, llamando a alguien, y no hay respuesta. ¿A quién coño llamo? Y luego quiero volver con las chicas, me meto entre la multitud, me empujan y me desoriento.

Es un lugar feo, angustiante, oscuro. Me quiero ir cuanto antes. Los colores no tienen ya ninguna gracia. La gente baila mal, estoy cansada y contaminada de cómo baila la gente. Segundos o minutos después, mis amigas me encuentran a mí y les digo que me voy. Ellas dicen que se van conmigo porque la música buena se ha terminado y ahora todo es una mierda.

Al salir recuerdo lo que era el mundo. El sonido de una Barcelona que casi despierta, los coches cruzando el Paral·lel, el tío que vende en la esquina algo que, al menos por fuera, parecen bocadillos. Mis amigas y yo nos volvemos una unidad y andamos muy juntas hasta la parada de bus. Cuando el N6 se para delante de nosotras, subimos y esperamos con la mirada perdida, como quien espera que lo que no va bien mejore sin más un día, a que llegue a *plaça* Catalunya y podamos bajarnos y alejarnos del grupo de borrachos que no paran de gritar chorradas.

Al separarnos, enviamos la ubicación en directo por WhatsApp y yo me arrastro en dirección a la parada de mi siguiente bus, abrazándome mientras cruzo Catalunya. En ese momento, entre la gente que deambula por el centro a esas horas y ya lejos de mis amigas, siento que hay demasiado espacio físico entre mi cuerpo y el de la gente a la que quiero.

Por el camino veo una rata que corre a esconderse y un grupo de unos ocho tíos sentados en las escaleras de la plaza que me miran fijamente. Se avisan entre ellos, se callan y se limitan a observarme hasta que me silban.

Me gritan cosas asquerosas, cosas que me vuelven animal. Termino insultando yo también, pero entonces tres de ellos se levantan y uno anda hacia mí. Siento que hay demasiado poco espacio entre mi cuerpo y el suyo mientras dice que no puedo hablar así, que me acerque, que me va a enseñar maneras o no sé qué.

—No me vas a tocar en tu puta vida —le digo yo.

El tío echa a correr hacia mí y al segundo se me tensan hasta los ojos, doy un salto y me mato a correr en dirección contraria. Y sigo corriendo y corriendo incluso cuando me doy cuenta de que sus carcajadas se quedan atrás.

Al pararme, jadeando, veo que también he dejado atrás la parada y decido andar hasta la siguiente, aunque un minuto después veo pasar el bus y lo pierdo. Tendré que esperar por lo menos veinte minutos, así que me paro un momento debajo de una farola de *passeig* de Gràcia mientras lo veo alejarse.

Luego me fijo en mi ropa, me doy cuenta de que el negro del top que llevo es muy distinto al negro de mi falda y me pongo a llorar.

Parece que por fin llego a la superficie después de un minuto bajo el agua, pero solo es mi manera de despertarme. Un pinchazo en la cabeza me recuerda al instante la noche anterior. Mi estómago también se despierta, se da la vuelta como imagino que un bebé —o un feto, o lo que sea— hace en la barriga de su madre y, no sé si por los nervios o por el alcohol, siento que está a punto de corroerse hasta desintegrarse por completo. Alargo el brazo y cojo el móvil a ciegas.

La luz azulada acentúa el dolor; espero tres segundos a que las notificaciones dejen de estar borrosas. Ver algo parecido a las letras del nombre de Àlex me espabila y mueve toda la habitación. Son mensajes de WhatsApp, nada más. Reproduzco una nota y suena su voz:

—Tú, ¿ibas volando o qué? ¿Me llamas taja ahora?

Pues llamé. Hago el esfuerzo de reconstruir la noche y aparece el tío del cubata, en Instagram encuentro su solicitud de seguimiento. *Follow back* para él, entonces. No sé decir si tengo ganas de vomitar o de desayunar.

Mientras intento decidirlo recibo un mensaje del Nil este, rapidísimo todo. Pienso en qué contestar navegando de una *app* a otra y de un chat a otro sin decantarme por nada. Al final, la necesidad de hablar con alguien me obliga a mandarle un mensaje a Nora. Y lo que podría ser una nota de voz sin propósito alguno acaba siendo un *whatsapp* mal escrito y pensado de más en el que explico, con pocas palabras y muchos emojis, que Àlex y yo hemos roto.

Justo después, el vacío que deja la ausencia de respuestas o cualquier otro estímulo da espacio al arrepentimiento: de escribirlo, de contarlo, del *follow back*, de las llamadas, de tener los tics azules activados. Si lo he hecho mal, el espacio entre las demás personas y yo será todavía más grande y entonces no podré arreglarlo.

Cuando nos encontramos con los amigos del cole damos una vuelta enorme para buscar un bar donde sentarnos como si no hubiera tres en cada esquina. Àlex y yo nos quedamos un poquito más atrás que los demás y nos ponemos en sus auriculares los últimos artistas que hemos descubierto y las canciones nuevas que nos hemos perdido. Nos coordinamos para andar al mismo ritmo y no tirar del otro sin querer.

—¿Qué tal tu madre? —pregunta después.

—La operan mañana.

Terminamos en el bar de siempre, en la mesa de siempre, con la gente de siempre. De camino a la tercera copa, Àlex me da un toque en la rodilla.

Anunciamos que lo hemos dejado con timidez, igual que si hubiéramos confesado que estoy embarazada, o que nos hemos casado en secreto, o que en realidad somos hermanos y nuestra relación ha sido una mentira. La reacción de la mayoría de ellos podría tener sentido con cualquiera de las últimas hipótesis: algunos optan por el silencio, otros por las bromas incómodas. Nora, en cambio, lleva la mirada del grupo a nosotros y de nosotros a la mesa.

Justo después les da por reír y lo hacen de forma que nos contagian a nosotros dos también, como si fuéramos tontos o nos hiciera gracia su incapacidad para darse cuenta de que lo decimos en serio. Se angustian solo cuando Nora, al final, los convence de que no mentimos.

Los calmamos. No es para tanto, decimos. Estamos bien y nadie tiene que preocuparse, incomodarse ni nada por nosotros. Pero Èric, un amigo que quiere mucho a Àlex pero lo conoce peor que yo, se queda decepcionado. Pensaba que nuestra relación sería la que va bien, suspira. Entonces Àlex se incorpora un poco y se pone recto, como hacía en clase cuando decían su nombre.

Mueve un poco los hielos de su vaso, que ya se están deshaciendo, y dice que la relación no ha ido mal solo porque se haya acabado. Que los muertos también mueren y que su vida no está mal por haber acabado, o algo así. Se termina la bebida y añade:

—Si acabar és fracàs, totes les històries van malament, no?

La mañana siguiente cierro los puños cuando llego a mi parada. Bajo del bus y alzo la vista lentamente, como una cámara haciendo una panorámica de abajo arriba, y repaso visualmente todas las plantas del hospital. Me sumo a la procesión de personas en bata y personas con el ceño fruncido que van hacia la entrada y, cuando cruzo el umbral, siento que el edificio crece hasta ser gigante y que ya no puede volver a ser de su tamaño. El futuro inmediato se hace presente.

Subo las escaleras igual de resignada que lo haría en la ESO yendo a un examen para el que no he estudiado suficiente y, por algún motivo, cada paso me cansa tanto que al llegar arriba siento que he subido el doble de pisos de los que realmente he subido.

Avanzo con paso firme por el pasillo sin querer encontrar el número que busco. Lo encuentro enseguida. La puerta está entreabierta y es exactamente igual que todas las demás puertas de hospital que he cruzado: blanca, gruesa, grande, pesada, interdimensional.

Mil escenarios posibles al otro lado me pasan por la cabeza: una familia desconocida porque me he equivocado de día, una familia desconocida porque me he equivocado de puerta. Un enfermero que me dice que llego demasiado tarde, o demasiado pronto. Mis padres tristes, o ausentes, o en urgencias, otra vez.

—Et puc ajudar? —dice una chica en bata a mi lado.

Me asusto porque no la he visto venir.

—No. No, gràcies.

Mi madre está tan pálida como el día que murió su hermana en una habitación como esa, pero sonríe al verme. No parece darse cuenta de que llego tarde. O no parece importarle.

—¿Te ha costado encontrarnos?

—Me ha costado entrar —digo.

—¿Por qué?

—Por nada. ¿Hace mucho que esperáis?

—No. Ahora vendrán a buscarme.

—Vale. ¿Cómo estás?

Me doy cuenta de que no le he dado un abrazo, así que voy hacia la camilla y pego mi cuerpo al suyo. Nos quedamos un minuto así. Mi madre me acaricia el pelo mientras me cuenta que está nerviosa. Mi padre le da la mano que tiene libre y nos quedamos los tres muy juntos.

Cuando el minuto termina, decido contarle algo para distraerla. Que anoche vi a los del grupo del instituto, que me preguntaron por ella, que me pidieron que le mandara muchos besos de su parte.

—¿Sabes quién me ha escrito? —dice.

—¿Quién?

Es Àlex. Le aclaro que yo no se lo he recordado, que ha sido él solo. Ella sonríe mucho:

—Es atento este chico.

Luego me enseña los mensajes que le han mandado sus amigas. Son absurdamente *boomers*, porque hay una cantidad innecesaria de emojis de la mano en amarillo haciendo *okay*, pero ella se emociona volviendo a leerlos.

Poco después la puerta se abre y nos interrumpe.

—Nos la tenemos que llevar ya.

Mi madre dice que vale muy tranquila, como si aceptara su destino sin ir contra él. La enfermera se lleva la camilla y en el último momento veo la cabeza de mi madre asomando, moviendo la mano en señal de adiós. Le decimos que la queremos.

Nos quedamos mi padre y yo a solas, en silencio. Luego pregunto cuánto tardarán y él dice que tenemos para aburrirnos. Nos apoyamos uno al lado del otro en la ventana, él mirando el vacío que la camilla ha dejado y yo, la calle vacía que se ve desde ahí. Antes de poder imaginar sus posibles respuestas le pregunto a mi padre cómo está, pero contesta:

—¿Y tú?

—Yo bien.

Al cabo de poco decido pasear por los pasillos. Es un poco desconcertante porque el edificio tiene forma cilíndrica y si intentas huir de tu habitación terminas volviendo a ella por accidente. Cuando encuentro un baño me meto enseguida para no dar más vueltas. En el espejo, una versión fea de mí me devuelve la mirada: tengo ojeras, el pelo enredado, la cara chupada y pálida. Aun así, no estoy como mi madre. Como ella, no.

Me pellizco las mejillas hasta dejarlas doloridas, rojas y bonitas. Me agacho y abro el grifo. Meto la cabeza debajo del chorro y dejo que se me empape el pelo, que el agua me caiga por ambos lados de la cara. Todavía sigue cayendo cuando salgo otra vez y vuelvo a encarar el pasillo. Me quedo ahí en medio tanto rato que termina hablándome alguien, otra vez.

—¿Estás bien? —dicen.

Y yo contesto, otra vez:

—No necesito ayuda, gracias.

Paso agosto abriendo ventanas si mi madre tiene calor y cerrándolas si tiene escalofríos. Nos hundimos juntas en una espiral de series malas y esperamos a que pasen los días, la eterna ola de calor, el mes. Durante esas semanas la ciudad y yo nos quedamos sin gente y sin planes: me da por pasear por muchos barrios mirando a mi alrededor como si fuera turista y no los conociera. Dejo el móvil y lo demás en casa con la esperanza de desorientarme.

Lo consigo solo en mi cuarto, cuando a las cinco menos dos de la tarde del 17 de agosto recibo un mensaje de Àlex. Me sorprende porque hace tiempo que no hablamos, pero sobre todo porque solo dice: «¿Dónde estás? Aléjate de los sitios importantes».

Ese día la ciudad se deforma y se vuelve otra. Se llena de sonidos que no son suyos y se vacía de todo lo que la hace ser Barcelona. Por Nora sigo el caos en las tiendas cercanas al centro; por Emma, el caos entre los vecinos de la Sagrada Familia, y por Laila, el caos en la estación de metro de Catalunya. Es por Twitter al principio y después por la tele por donde sigo lo que pasa justo encima de donde está ella.

La tarde se hace más larga que Diagonal andando. Pasamos de saber que ha pasado algo a saber qué ha pasado; de saber qué ha pasado a qué podría pasar. Fuera suenan sirenas y dentro, nada. Mis padres y yo nos pegamos en el sofá del salón igual que en la camilla del hospital; vemos las noticias sin cambiar de canal, pero cuando ponen imágenes angustiantes apartamos la mirada. Todas las veces mi madre alarga el brazo para tocarme y comprobar que sigo ahí, sentada a su lado.

Al día siguiente, Laila me propone ir hasta allí y me obligo a decir que sí. El trayecto en metro se asemeja al recorrido en bus hacia el hospital, ambos de camino hacia un lugar desvaído. Al llegar no encontramos nuestra Rambla, sino una que no conocemos. Una callada, vacía y cerrada. La bajamos andando muy lentamente cogidas del brazo, dejándonos caer la una en la otra como piezas de un dominó.

Durante el paseo esquivamos las manchas negras en las baldosas que van en zigzag dejando velas y flores en cada giro. Hablamos muy bajito y con pocas palabras seguidas. Nos turnamos para repetir lo que hemos pensado en nuestra cabeza muchas veces. Ella dice, dejando entre frase y frase unos metros de calle en silencio, que hay segundos en los que se le olvida que ha pasado lo que ha pasado y que cuando se acuerda le parece mentira. Tiene que ser mentira, piensa, pero no lo es, es verdad. En algún momento tenía que ser verdad.

Leemos mensajes escritos en el suelo. «La Rambla és casa, Barcelona és llum.» Aparece repetidamente la palabra *paz* en muchos idiomas. Y muchas otras palabras que no entiendo en muchos otros idiomas.

Al final, y tan irreconocible como lo demás, llegamos a un mosaico de Miró medio escondido debajo de decenas de osos de peluche y de la fecha y el nombre de mi ciudad escrito tantas veces que termino desubicada en la línea espaciotemporal de mi propia vida. Y al lado, trozos de papel con frases escritas en boli y mil caligrafías distintas, poemas, fotos arrugadas, dibujos, postales, flores y velas encendidas, apagadas y deshechas. El «no tenim por» está escrito en los árboles, en los recordatorios improvisados, en las baldosas junto a mis bambas. Hay incluso souvenirs baratos, de esos estúpidos y superficiales a los que únicamente ese día y en esa ocasión alguien ha atribuido entidad barcelonesa.

Más tarde, cuando hemos conseguido salir de allí y no hacerlo llorando y corriendo, sino paseando, Laila susurra que van a hacer una mani con esto del «no tenim por».

Entonces el sonido de las voces ajenas de la calle se vuelve distante, como si me hubiera caído del muelle al mar y lo demás sonase distorsionado debajo del agua. Hace calor aunque ya no dé el sol, y pienso que muchas cosas son mentira. Es mentira el verano y sus días largos porque no hacen más que acortarse. Es mentira la noche porque incomoda tanto como el día. Es mentira Barcelona en agosto porque está desierta o invadida o desconectada de sí misma; es mentira la bondad de agosto también, porque está lleno de detalles molestos. Son mentira los ceniceros de Gaudí y las sevillanas de plástico convertidos en tristeza, la calma frente a la tragedia, la tranquilidad.

Desubicada como si me hubiese perdido información crucial para entender esos últimos días de verano y bajito como si hablar a un volumen normal en mi ciudad hubiese pasado a ser antiguo, le pregunto al oído a Laila:

—Però és mentida, no, que no tenim por?

OTOÑO

Las semanas pasan muy de puntillas, sin nada que las distinga porque todas son igual de asfixiantes. Traen un calor de verano sin verano; un sufrimiento que se alarga y que está fuera de lugar.

Con él la cuesta de mi calle se vuelve más pronunciada. Me da la sensación de que el barrio entero quiere despegarse del centro de la ciudad elevándose más y más, volviéndose menos parte de Barcelona, como si pretendiera independizarse por altitud.

Durante esos días imagino que abro la puerta de entrada y que me encuentro a mi madre sin pelo. Que la amenaza pasa a ser vida, realidad, rutina. Intento pensar en cómo reaccionar y qué decir. Descarto frases como «todo irá bien» o «esto pasará» porque no tengo claro si alguna de ellas es cierta.

Por eso, cuando mi madre me avisa de que irá a raparse el pelo, supongo que digo que iré con ella por egoísmo. Por formar parte del cambio, por hacerlo mío: me digo que si veo como todo cambia, cambiará menos o nada. Sea como sea, ella se pone contenta. Dice que no hace falta, pero yo insisto. Quedamos en ir a finales de mes: decidimos posponerlo juntas, dejarlo para cuando no tengamos otra opción.

Aprovecho la espera para estar en zonas de la ciudad donde no hay tantas pendientes ni tantas cosas pendientes. Quedo en *plaça* Espanya con Nil, aunque no tengo claro si recuerdo su cara. En la L3 escucho una alerta más de amenaza de bomba en los altavoces del metro; no me bajo, solo escribo: «Llego tarde por la bomba esta». Al llegar y verlo de lejos tardo un rato en darme cuenta de que es él, pero lo reconozco porque es la única persona que espera a alguien.

Me acerco sonriendo, muy dispuesta a que me guste. No sé cómo debería saludarlo y terminamos compartiendo un baile incómodo que va de los dos besos al abrazo forzado. Nos reímos para disimular y nos decimos todo lo que le indica a la otra persona que hola y que estás dispuesta a invertir unas horas de tu vida con ella.

Decidimos pasear un ratito y recorrernos *avinguda* Maria Cristina en dirección al MNAC. La calle está vacía para ser sábado y Barcelona, dormida para ser septiembre. Por el camino saco a relucir mi habilidad para tener conversaciones poco importantes y no nos queda ni un silencio raro; me parece un mérito. Nil se muestra algo más tímido que aquella noche en Apolo, pero queda poco para la puesta de sol y pienso que igual en la oscuridad volverá a ser el tío que aceptó el cubata.

Una vez arriba, todo lo bonito me pone contenta y señalo las vistas de Barcelona. Él se queda un poco igual, le pregunto si no le gusta la ciudad y me dice que no demasiado. Le digo que, en ese caso, mejor me voy.

—Com?

Me río sola. Nos sentamos en las escaleras del MNAC y nos ponemos a hablar, primero, de banalidades. Luego él se pone intenso y me cuenta que su ex le puso los cuernos tres veces. Después menciono a Àlex y escucho por educación los consejos de Nil sobre el amor.

Empieza a hacer frío, me abrocho la cazadora hasta arriba. Mi luz favorita tiñe Barcelona y los centímetros a los que está la cara de Nil de la mía disminuyen. Me digo que me siento atraída por él para quitarme de encima lo de que me guste otra gente, lo de tocar porque quiero, lo de abrazar sin estar borracha o en un preoperatorio. Le miro los labios mientras me habla porque sé que le gustará darse cuenta de que le miro los labios. No sé qué está diciendo, pero cuando vuelvo a mirarlo a los ojos me doy cuenta de que él me está mirando la boca también.

Pues vale. Estaré más lejos de junio cuanto más cerca esté del mundo exterior, así que me como la pequeña distancia y pongo mis labios encima de los suyos. Nil abre la boca y la noto húmeda; no me parece especialmente agradable. Creo que no sé besar a nadie, o que no soy yo quien se lía con ese tío, sino alguien que lo ve desde fuera. Su lengua toca la mía y me pone la mano en la nuca. Significa que es un beso apasionado, tengo que quedarme un poco más hasta que se aparta.

—Pensaba que no querías —dice.

Miro rápido a nuestro alrededor. Se acentúa y se apaga el naranja del cielo, se encienden luces por toda Barcelona, se arremolinan guiris alrededor de la Font Màgica. Cuando empieza el espectáculo, escucho la música y pienso que me gustaría ir a verlo y sonreír sin querer mucho rato.

Después seguimos liándonos y al final terminamos tocándonos el cuerpo como si no pudiéramos salir de fondo en las fotos de los turistas; dejo que me meta mano por debajo de la chaqueta mientras miro a una chica guapa que está de espaldas. Cuando me doy cuenta de que ya es tarde le digo que me tengo que ir. Él se pone triste, me pregunta a dónde voy.

—He quedado con los amigos.

—¿Y no puedes no ir? Abril, *queda't, va.*

—Tengo que ir.

—Porfa.

—Es para celebrar mi cumple. Tengo que ir.

Me pregunta entonces cuándo cumplo años, a lo que digo, por mucha vergüenza que me dé soltarlo de golpe:

—Hoy.

Tarda todavía dos segundos en decir: «Hòstia, moltes felicitats, ¿por qué no me lo habías dicho?». Supongo que empezar a callarse las cosas es una espiral que te va tragando sin que te des cuenta. Nil me riega los oídos con palabras bonitas. Que soy preciosa, que le encanto, que a ver si nos vemos más.

—Vale, sí, como quieras.

De vuelta a *plaça* Espanya, las fuentes están encendidas y el trayecto huele a agua y a atardecer. La avenida está iluminada por las farolas y mucho más llena que antes. Parece que estamos de vacaciones porque ahí la gente lo está; parece que las cosas van bien. Nil propone planes. Digo a todo que sí.

Bajo Torrent de l'Olla con CamelPhat tan alto en los cascos que si pasara una desgracia en la calle de al lado podría no enterarme. Estoy ahogada por correr y por los nervios, porque llego tarde y porque llego mal. Una vez delante del bar, veo a mis amigos a través de la ventana. Están perfectamente encuadrados, justo en el medio: saco el móvil y les hago una foto, pero sale movida.

Voy hacia su mesa, algunos se ponen a cantar el *Cumpleaños feliz* de forma caótica y desafinada. Soplo un veintiuno de color rojo. Me hacen reír, me estrujan entre los brazos. Solo Àlex se queda sentado hasta que estoy delante de él. Me da un beso fuerte en la frente, no dice nada. Sus labios se me quedan pegados a la cara durante toda la noche e intento no pensar en que si fuera su cumpleaños y no el mío yo actuaría distinto; al fin y al cabo, todo lo que haría yo es un impreso en negativo de lo que haría él.

Mis amigos compiten para hablar. Se emocionan tanto contando anécdotas que se levantan para representarlas. Participo en la conversación a ratos y a medias, pero al final yo me levanto también, sigo las normas de la quedada y me olvido de dónde estaba hace nada, de la cuesta de casa, de que después tendré que volver a subirla y a cruzar el umbral de la puerta.

Àlex, en cambio, no suelta ni una palabra. Asiste a nuestra conversación como un espectador, igual que si fuera nuevo en el grupo y no tuviera suficiente información como para entender de qué hablamos. Él y yo entramos en un círculo en el que logramos mirarnos constantemente sin cruzarnos la mirada; no sé cómo lo hacemos.

En un momento determinado, de repente y de forma automática, cuando estoy sentada y muy arrimada a la mesa, encojo todos los músculos del cuerpo como si hubieran estirado un hilo desde dentro de mí y me echo hacia atrás. Una araña cruza la mesa. Me levanto rápido, pero sin querer representar una anécdota ni nada. Dejo los ojos muy abiertos puestos en ella, luego en Àlex. Esa única vez, y al mismo tiempo, él me mira también: se incorpora, levanta el puño y lo deja caer con fuerza encima de la araña. El impacto suena hasta que Èric habla.

—Tranqui, machote.

Àlex se levanta y se va. Suponemos que va al baño, nadie se lo pregunta.

A una semana del 1 de octubre de 2017 llega La Mercè y la ciudad está más llena de protestas que de música. Barcelona se vuelve a encoger de forma que no cabe en ella toda la gente que sale a sus calles. De camino a los conciertos en la playa del Bogatell, ponemos a prueba la capacidad del metro de arrastrar más peso del que entra dentro. Cientos de jóvenes nos tiramos tan encima los unos de los otros que al final no sabemos qué parte de nuestro sudor es nuestra y qué parte es de otro. Y allí, bajo tierra, golpeamos a la vez las ventanas, gritamos al unísono que *els carrers seran sempre nostres*. El ruido rebota en los cristales y da la sensación de que vamos a salirnos de la vía.

En la superficie, nuestros gritos se disimulan con el mar y las canciones y parece que todo esté más tranquilo. Intento ser como Barcelona y me siento con mis amigas en las gradas de la playa, justo antes de que empiece la arena. A nuestro alrededor hay un montón de botellas de plástico medio vacías que me recuerdan a la superficie del mar. Bebo de la nuestra para no pensarlo; la tiraremos al contenedor amarillo.

Mientras termina un concierto que no nos interesa demasiado, charlamos. O charla Laila y las demás escuchamos: nos cuenta cómo ha ido cada una de las veces que ha quedado con la tía que le gusta, la de la historia rara en junio. Ella menciona la buena suerte, el destino. Le dan la razón.

Cuando Laila ya empieza a repetir frases, damos vueltas a cómo saldrá lo de los días siguientes —por ese entonces creemos en los cambios y en arreglar lo roto— y, cada poco, el ruido nos interrumpe. Los del escenario dan un pequeño discurso político, levantan los puños y todo el mundo hasta donde me alcanza la vista lo hace también.

Va a empezar el concierto que nos gusta. Quiero meterme entre la gente y rebotar entre los cuerpos, como el sonido en el metro cuando golpeamos las ventanas a la vez, así que nos ponemos junto a los altavoces, al lado del mar y de una lancha que mira el escenario desde allí. De nuevo, me tocan muchas personas desconocidas a la vez.

Cuando suben los del grupo guay empiezan hablando de un nuevo comienzo, de voluntad, libertad, igualdad, democracia. Sus palabras suenan tan fuerte por los altavoces que las sentimos en la piel y muy cerca del pecho, nos ponemos a botar y la playa se tambalea. En esos momentos la ciudad tiembla tanto bajo tierra como encima de ella, por dentro y por fuera.

Poco después de que hayan empezado a tocar, se pone a diluviar de un segundo a otro. Se oyen chillidos y parte del público huye, pero la mayoría se queda bailando. Nosotras también: nos llenamos de agua, sudor, barro. Seguimos botando y la ciudad sigue temblando por dentro y por fuera. Intento ser como Barcelona. Me da la sensación de que voy a salirme de la vía, pero no paro.

Aprendo que hay lugares de estética para enfermos de cáncer. Tienen rellenos de pecho para el pecho que te falta, pelucas para el pelo que te falta, frases ilusionantes para la ilusión que te falta. Mi madre pide hora para cortarse el pelo y me lo dice así. Cortarse el pelo. Y añade:

—He pedido hora en el sitio de cáncer.

Yo le digo que vale, que la acompañaré. Le pide a mi padre que no venga, entonces, que ser muchos es darle importancia a algo que no la tiene. Una vez allí, mi madre da su nombre en la recepción. A su lado, una mujer llora mucho y un hombre intenta consolarla dándole pequeños golpes en la espalda.

Esperamos sentadas en una sala. Mi madre mira el móvil inquieta y yo intento sacar algún tema de conversación, pero me sale mal. En su lugar, analizo al detalle todas las fotos de la pared: son mujeres que están calvas. Algunas llevan pelucas y otras no. Todas sonríen en la playa, en un jardín, en una tumbona. Le digo que no entiendo para qué tanto drama, si parece que raparse el pelo es lo mejor que les ha pasado en la vida. A ella le hace un poco de gracia, tampoco mucha. Luego hojeo un folleto de dibujos que hay en la mesilla que tengo al lado. Se titula *La mama és calva*.

Cuando la llaman nos levantamos las dos a la vez. Me dejan pasar con ella. Es una habitación pequeña, como si fuera una peluquería privada; imagino que nadie quiere quedarse calva delante de otra gente. Hay un gran espejo en la pared, con una persiana gris subida y un asiento delante. Mi madre se sienta, yo me quedo detrás.

La mujer del centro parece más incómoda que nosotras y me pregunto si cada día de su vida laboral será así. Lo primero que hace es coger un paquete de pañuelos y pasárselo a mi madre. Ella dice:

—Bueno, qué drama.

—Tienes que llorar —digo—, es parte del protocolo. Si no, te rapan peor.

La peluquera dice que si no los quiere, genial. Coge la maquinilla, pone la mano en la persiana.

—¿La bajamos? —pregunta—. Mucha gente lo prefiere.

Ella se queda en blanco. Me mira buscando ayuda, primero a través del espejo. Luego se da la vuelta y hablo.

—Quizá es mejor no llevarse el impacto de golpe.

Se me ocurre que, si no ve el proceso, será como cuando en mi imaginación abro la puerta de casa y me la encuentro sin pelo en el pasillo, sin saber qué decir.

Creo que es un buen consejo. Se arma de valor y dice que no, que no quiere que bajemos la persiana.

—Vale —dice la mujer—, empezamos.

Nos ponemos serias, pero enseguida nos miramos a través del espejo y nos sonreímos.

—Pues ya está.

Su pelo empieza a despegarse de la cabeza y vuela libre hasta morir en el suelo mientras la maquinilla dibuja caminos blancos por donde pasa. Justo al lado, en el espejo, el reflejo de mi larga melena me llama la atención; decido echarla hacia la espalda con pequeños movimientos.

Me fuerzo a seguir el recorrido de los caminos con la mirada para no dejar sola a mi madre, para no traicionar mi propio consejo. Y así, poco a poco, el suelo se vuelve castaño y se va llenando de lo que era y ya no es. Descubrimos su cráneo juntas —nosotras dos, la mujer y la maquinilla— y dejamos que la piel le gane terreno al pelo hasta que no hay más. Nada más.

—Ya hemos acabado. Está guapa, ¿eh? —dice la mujer mirándome.

—Sí.

Ella pide que no la intentemos animar diciendo tonterías. Insistimos. Llegamos al acuerdo de que tiene un cráneo bonito, algo que, según la peluquera, no es fácil. Yo remarco que ella ve muchos cráneos y que habla con conocimiento de causa.

Le enseñan a ponerse una peluca y le dicen que cuando se le caigan los milímetros de pelo que todavía tiene le quedará mejor. Ella se agarra a eso porque insiste en que le queda mal.

—Estás guapa —repito.

Al terminar, nos quedamos allí mirando pañuelos y gorros. Seleccionamos los que nos parecen más monos, los que conjuntan con su ropa, con su tono de piel. Nos instalamos delante de un espejo y se los va probando uno a uno. Yo doy mi opinión y me los pruebo también. Debatimos un poco, buscamos los pros y los contras de cada uno y terminamos comprando tres porque son baratos y bonitos: uno gris, uno amarillo y uno granate.

Pagamos y nos vamos con una sonrisa, hablando de que hemos escogido muy bien. Mi madre me pide que le haga fotos para mandárselas a mi padre. La sitúo delante de una pared y la hago posar, aunque no me hace mucho caso.

Nos quedamos en medio de la calle mientras le enseño las fotos. Se ve terrible en todas, menos en una.

—Realmente tengo un cráneo bonito —dice mirándola.

—Ya, no me creías.

Me devuelve el móvil sin mirar las fotos que quedan.

—Intento creerte, Abril.

Plaça Universitat está llena de mierda: bolsas de plástico, latas, colillas. Y de mucha gente con muchas banderas y pancartas.

—Està tot podrit, tia, tot podrit. —Es una chica a la que acabo de conocer porque se ha sentado a mi lado en el suelo—. Aquesta ciutat, els governs, el planeta… —Mueve la cabeza de un lado a otro, tira el cigarrillo que estaba fumando al asfalto, lo pisotea—. Tot.

Se saca otro piti liado de la oreja y me pide fuego.

—No fumo.

—Millor per a tu. Jo pillaré càncer, però la palmo i punt, saps?

La manifestación ha terminado hace rato; la decepción, el cabreo y la tristeza, no. Me doy la vuelta para no seguir hablando con ella e intento sumarme a la conversación de mis amigas. Carla y Laila discuten sobre política y están picadas otra vez. Me distraigo escuchándolas de fondo como si fuera el diálogo de una película que ya he visto.

Nil me escribe bastante, aprovecho momentos muertos parecidos a ese para contestar mensajes. Él hace lo típico de fingir que no los lee hasta pasado el tiempo, como si cuantos más minutos pasasen entre *whatsapp* y *whatsapp* más interés fuese a causarme. En realidad, cuanto más tiempo pasa más cuenta me doy de que no echo de menos tener novio, ni tener a alguien que me escriba, ni que alguien me quiera, sino las pecas distribuidas solo por el lado derecho de la cara, el diente roto, la mano en mi cabeza cuando se acerca por detrás.

—Amb qui parles?

Cierro el chat con el mensaje a medio escribir.

—Res, amb l'Àlex.

La pequeña pausa en su discusión me hace escuchar los sonidos a mi alrededor: menos voces, más silencio. La gente empieza a levantarse y quita la plaza de mi campo de visión. La chica de antes dice, mirando el móvil, que no sé dónde están zurrando a manifestantes. Me viene a la cabeza el cigarrillo pisoteado. Un tío que va con ella añade que han visto furgones viniendo hacia aquí por Gran Via. Nos levantamos. Mis amigas se ponen a discutir sobre si deberíamos irnos o no: que lo único que conseguimos quedándonos es que nos hagan daño, pero si todo el mundo pensase eso nadie se quedaría, pero ¿de qué sirve quedarse?, pero ¿para qué hemos venido, si no?

Vuelvo a mirar el WhatsApp como si en un mensaje fuese a encontrar algo que nos haga reaccionar. Lo encuentro. En el grupo del cole preguntan dónde estamos cada uno, y Èric me ha abierto por privado. Pregunta dónde está Àlex, si está conmigo, si sé algo; me empujan mientras leo, la plaza va arriba y abajo. Carla me coge del brazo mientras sigue discutiendo con Laila.

—Ens fotran d'hòsties amb el dia 1, no ho veus?

—Calma, cony.

—Ties —suelto—, crec que l'Àlex ha desaparegut.

Ambas se callan y me miran: ¿no estaba hablando con él hace un segundo?

Ay. Niego con la cabeza como si me hubiera confundido mientras marco el número de Èric e intento entender entre los silbidos procedentes de todas partes si ya ha cogido el teléfono o si todavía pita.

—Abril? Abril, em sents? —logro distinguir.

—Què passa amb l'Àlex? —grito yo.

—Has parlat amb ell? —creo que pregunta.

—No, què passa? No és amb vosaltres?

Èric me cuenta que está muy raro, que no habla, que no algo más que no consigo captar y que lo han perdido de vista. Quizá yo sepa algo, se pregunta, pero no, yo tampoco sé nada.

Sigo oyendo su voz, pero en su lado del teléfono la gente de golpe se pone a gritar y dejo de entender palabra. Le pido que me avise si sabe algo, no sé si llega a oírme. Cuelga. Por un momento dejo de oír silbidos y conversaciones ajenas e imagino universos paralelos en los que han pegado a Àlex, en los que lo han detenido, en los que desaparece de la faz de la tierra sin dejar rastro.

Veo desde dónde me hablaba Èric justo entonces, cuando en la otra punta de la plaza, tocando con Gran Via, se oyen los disparos de la Brimo. Mucha gente se pone a correr en todas direcciones, como palomas que salen volando a la vez de *plaça* Catalunya cuando la cruza un niño para asustarlas. El efecto se esparce en segundos por todo Universitat y Carla y Laila se ponen de acuerdo al fin, sin articular palabra. Echamos a correr juntas, pero dos manzanas más allá las pierdo de vista. Decido huir sola calle arriba en dirección a mi casa, por muy lejos que esté.

Nora tiene la capacidad de ver más allá de lo que digo y hago y es algo que me reconforta e inquieta a partes iguales. Por eso, cuando días más tarde la convenzo para ir a tomar algo en lugar de a una charla que dan, no sé si es porque realmente le apetece o porque cree que necesito hablar. Vamos al bar que nos gusta por la luz que tiene y comemos cosas poco sanas. Nos interrumpimos sin querer para acabarnos las frases durante tres horas.

Al principio me pregunta por Àlex y hablo de Nil; me pregunta cómo estoy y hablo de mi madre. Después, habiéndola mirado a los ojos durante ya unos treinta minutos, recuerdo cómo es estar con ella, y no solo estar.

Con Nora siento que no estoy tan lejos, al fin y al cabo. Que ni hay música demasiado alta de por medio, ni colillas pisoteadas en el suelo. Recupero mi versión de hace tiempo y contesto sinceramente una de sus preguntas. No estoy superbién, no. Ella deja la mano encima de la mesa, a medio camino entre las dos. Hago andar mis dedos por la superficie y se la cojo.

—Et puc dir una cosa de mares malaltes? —pregunto.

—Sí.

Le cuento que de vez en cuando me imagino que mi madre se muere y pienso en qué debería hacer, cómo debería hacerlo. ¿Me convierte una madre muerta ficticia en mala hija?

—No, tia.

Le pregunto también si cree que lo que pensamos lo pensamos de verdad solo por pensarlo, si por pensar cosas terribles soy terrible.

—No. Bueno, depèn de quines coses, suposo.

Cuando calla, Nora se queda algo seria. Le pido que me cuente qué le pasa, qué pasa en su vida, en general, y de repente sonríe como si fuese un alivio cambiar de tema. Me cuenta cómo son las discusiones con su padre, la distancia política, el miedo a hacer huelga en la tienda y las dudas sobre los próximos meses, que si hará unas u otras prácticas, todas o ninguna. Al final habla de salir a la calle y quemarla para que así den igual los planes que teníamos. Se ríe.

Nora aprovecha y me propone que cuente a las demás lo de Àlex, dice que me ven rara.

—Jo m'esforço molt a estar bé per fora.

—Esforça't a estar bé per dintre, potser.

Fuera se hace de noche de golpe, porque hace días que ya no es verano. Dentro, también de golpe, estoy un poquito menos julio, menos agosto. Termino prometiéndole que me abriré con las demás. Que se me pasará pronto. Que estaré bien y no tendrá que preocuparse nadie.

—Però vull que estiguis bé per tu, no per mi.

—Sí, sí.

Me da un abrazo y me dejo abrazar. Nora dice que podemos salir un día de estos, quizá así me anime. Puede que tenga razón y que todo se marche así, de repente, como la gente de Universitat cuando empezaron a sonar los disparos de la policía.

Un día vuelve a haber clase y no montañas de sillas y mesas en la puerta de la uni. El profesor suelta unas frases sobre política para demostrarnos que no le da igual lo que está pasando y luego todos seguimos con la teoría donde la dejamos, como si no estuviera pasando.

Es entonces, cuando estamos hablando sobre artistas, cineastas y otra gente mucho más interesante que yo, cuando la clase da un giro y el profesor se dedica a hablarnos sobre el mundo laboral. Insiste en recordarnos que estamos en el último curso, que nos metimos en una carrera con poca continuidad y que debemos pensar en qué vamos a hacer. Nos lo pregunta unas cuantas veces mirándonos a los ojos, dice que nos quiere ayudar.

—Tú, por ejemplo —dice señalando a una compañera—, ¿qué harás?

Y lo peor de todo es que la compañera sabe qué hará, y que nos lo cuenta. Y luego expone dudas, una tras otra. Las demás hacen que sí con la cabeza, yo también. Añaden más preguntas, yo no. Imagino que para tener tantas dudas hay que tener una intención primero, una idea, algo.

Àlex al fin decide contestar mis mensajes. Son dos o tres palabras, nada más. Lo suficiente para demostrar que sigue con vida. Después de leerlas en bucle, guardo el móvil en la mochila debajo de un jersey, de mis libretas y de todo lo demás. Àlex se queda guardado en el fondo.

Pocos minutos antes de terminar, cuando todavía sigo asintiendo, siento que el oxígeno de la sala se aleja de mí. Busco el motivo por el que me falta y no lo encuentro. Lo único que veo es que a mis amigas no les pasa, que solo me miran de vuelta.

—Estàs bé?

—Costa respirar, no?

Las palabras me hacen levantarme al instante. Pido perdón a la gente sentada en la misma fila hasta que llego al final. Las miradas de mis compañeras se me clavan y me las llevo encima cuando abro la puerta y me voy. Ando, ando, recorro el pasillo entero. Giro al final, entro en el lavabo. Calma. Respiro y espero. No, cambio de idea. Me quiero ir. Me voy.

Vuelvo al pasillo y empiezo a bajar las escaleras hasta la planta principal, a cuatro pisos de distancia. Se me pasa por la cabeza que voy a desmayarme, que no llegaré abajo: acelero el paso, bajo corriendo. Uno, dos, tres, cuatro. Salgo fuera, a la calle. Me digo que la calle será mejor.

Me equivoco. El aire abierto no es más aire, ni más calma. Debe haber obras cerca porque oigo como perforan el suelo. Sí, suena a que perforan el suelo en todas partes. Y pesa el aire. Pesa. No pasa por dentro de mí, me esquiva. Se me olvida cómo hacer que no me esquive.

En mi barrio también están perforando el suelo y el aire me esquiva igual. Lo bueno es que pasan los días y sigo sintiendo lo mismo, de forma que paso a estar acostumbrada y a acordarme de la sensación solo cada un rato.

Por las mañanas pierdo el control del cuerpo: se me pega la espalda a la cama, los pies al suelo del cuarto, las manos a las puertas del armario. Me quedo parada pensando en algo indefinido, olvidando si estaba abriendo las puertas o cerrándolas, si quería vestirme o desvestirme, si realmente tenía intención de ir a alguna parte o si no. Pierdo el tiempo y las clases de la uni casi sin querer.

A mis padres les digo que todavía hay huelga para no tener que responder, debatir. Cada vez que consigo esquivar mi propia trampa acompaño a mi madre al hospital, eso sí. Porque por curro mi padre no puede y por descarte yo no puedo no hacerlo: la idea de dejarla sola pesa más que la de salir de casa. Así que pasamos las horas sentadas, yo metida entre las páginas de mi diario y ella entre líquidos y pitidos.

La zona de quimioterapia es un lugar al que solo pueden pasar algunas personas: me siento importante por poder entrar con ella, como si tuviera mérito el hecho de ser su hija. Dentro hay un montón de personas conectadas. Imagino que son móviles cargándose lentamente. A veces coincidimos con los mismos pacientes y da una sensación de familiaridad que se hace extraña en un lugar en el que nadie quiere estar demasiado tiempo.

En más de una ocasión nos ponen al lado de una señora que viene sola y que se llama Julia. La primera vez que mi madre y ella hablan es cuando ambas rechazan, una después de la otra, el *reiki* que ofrecen unas voluntarias a cada paciente. Julia se pone la mano al lado de la boca para que no le lean los labios y dice, muy bajito: «No me creo nada de esto». A mi madre eso le encanta porque ella tampoco se cree nada. Desde entonces, cuando nos ve entrar, la señora Julia se pone muy contenta y nos saluda efusivamente. No sé qué cáncer tiene, pero sé que está mal porque conoce a un montón de gente en el hospital.

Un día las dibujo a las dos en mi diario, a lápiz y accidentalmente feas. Cuando termino, se lo enseño. Lo cogen y lo miran rápido.

—Gracias —dicen—, pero no queremos recordarnos así, aquí.

Cuando ya le queda poco a octubre para morir y a mí menos para dejarme llevar a cualquier lugar donde se esté tranquilo, mis amigas proponen salir de fiesta. Me voy de casa a las once y durante las próximas horas me pasa una cosa que solo me pasa muy por la noche: me transporto sin querer de una punta a otra de Barcelona. Y en todas partes suena *tech house*. Estoy en espacios que no reconozco y no peso nada. Alguien me coge la cara, de la mano, en brazos. Alguien me toca y no sé quién es.

Nora es casa y me ato a ella para no irme más a otra punta de Barcelona. O si voy, no ir sola. Y me caigo pero no duele, y no entiendo pero no le doy vueltas en la cabeza. El suelo me llama y el vacío me llama y me llama una chica, también. Tiene mi móvil, me lo da.

Más tarde, estoy temblando. Algo vibra en el bolsillo derecho de mi chaqueta: es mi padre llamando, pero cuelga antes de que entienda que me está llamando. Ya no suena ni *tech house*, ni nada; solo algún coche, lejos. Tengo los músculos clavados en una posición del pasado como una figura sepultada por la lava en Pompeya. No sé cuánto llevo así, pero por el dolor que me provoca levantar la cabeza sé que es bastante.

Abro los ojos, solo un poco, para descubrir que estoy sola en mi calle. Acurrucada en un portal.

Me levanto enseguida y me quedo paralizada, como si por estar quieta pudiese recuperar planos de mi vida que no se han grabado. De pie, me doy cuenta de que he perdido la falda, que solo llevo las medias negras, el top, el abrigo, las botas. ¿Cómo se pierde una falda? Me abrazo, me abrocho todos los botones del abrigo con las manos pálidas.

Está empezando a clarear. Mi móvil dice que son las seis y cincuenta y dos, me lo creo. Recorro rápido la distancia que me separa de mi casa, donde quería llegar cuando fuera que me pilló el Vesubio. Me repito hasta convencerme de ello que me quedé dormida, que no me ha pasado nada, que nadie me ha hecho nada. Me quité la falda al hacer pipí en algún bar, imagino, soy muy despistada. Plantada frente a mi portería, busco las llaves y no las encuentro. Antes de picar al interfono repaso la pantalla de mi móvil, que está llena de mensajes y de golpes que ayer no tenía. Mis amigas me han hablado por todas las redes sociales existentes. Me preguntan dónde estoy, qué me ha pasado, por qué no cojo el teléfono.

Le he mandado a Àlex *links* de Spotify a lo largo de la noche, *White Ferrari* de Frank Ocean y cosas así. Me ha contestado con un emoji bonito. Justo cuando me alivia verlo me doy cuenta de que se ha quitado los tics y la última conexión. Y cuando voy a preguntarme si lo habrá hecho por mí, entra un nuevo mensaje. Uno de un número desconocido, que dice: «Abril, ¿te acuerdas de mí?». Escribo: «¿Tienes mi falda?».

Más tarde, me despierta el sonido de mi madre vomitando en el baño. Oigo también a mi padre con ella, que luego la acompaña a la cama.

Abro la mente antes que los ojos e imagino los nuevos mensajes de WhatsApp. Dolor pendiente y excusas pendientes, claro. Antes de conseguir moverme sueño tres veces seguidas que tengo el móvil lleno de cosas que no quiero leer.

En el móvil de verdad, el número desconocido pone muchos emojis de risa. Dice que en la disco llevaba falda, que me fui con ella, que a saber dónde acabé. Y añade: «Lo que yo he perdido es la cabeza y la tienes tú» con emojis de fuego. Lo bloqueo al instante.

En el chat de debajo Nora me cuenta con mensajes secos que desaparecí en Razz. Describe cómo me encontraron algo más tarde, con la cara pegada a otra cualquiera —quizá la del tío del número desconocido—. Las chicas lo vieron, Nora les tuvo que contar lo que había pasado con Àlex y no entendieron el porqué de mis meses de silencio.

A medida que leo más, más me invade la incomodidad con mi cuerpo, mis actos, mis decisiones —las que no recuerdo haber tomado y las que sí—. Dice que luego volví a desaparecer. Que a dónde fui, ¿a dónde fui? Y añade que qué voy a hacer, ¿qué voy a hacer?

Es tarde. Se va la luz fuera y no enciendo la del cuarto, de forma que me quedo sola con el reflejo azul, con los tics azules, sin escribir nada pero sin salir del chat. Con el tiempo, voy oyendo conversaciones de otras personas que llegan y se van de mi calle, coches que suben y bajan la cuesta, buses que pasan de largo en la esquina. Nora se conecta y desconecta varias veces, ninguna para hablar conmigo. Dejo que se me vaya el día así, sin saber qué contestar ni qué decir, y casi sin darme cuenta empiezo a rascarme el brazo. Primero lentamente; luego un poco más fuerte, un poco más, más. Justo entonces recibo una llamada de Nora que tampoco contesto. Me gusta creer que he dejado de estar, que ya no puedo leer, ni ver, ni hablar, que ya no puedo escribir nada más.

Al final, el brazo se queda hinchado, con muchos caminitos rojos que van de un lado a otro. Si pellizco muy fuerte la piel que he rascado, si la aprieto como si fuera ajena, quizá pueda hacer desaparecer la marca de las uñas. Así quedaría igual que si nunca hubiera empezado a rascarme, si nunca hubiera tomado las decisiones que no me gustan, o si esas decisiones hubieran parado el tiempo, las noticias que no esperaba y las cosas que iban a cambiar sin que yo hubiera decidido que cambiaran. Decido intentarlo, pellizco la piel.

Nil me invita a su casa unas horas después. Resulta que vive muy al lado del mar, me hace ilusión. Durante la mañana la niebla se come la ciudad y la playa y tengo que adentrarme en ella para llegar. Parece que detrás habrá solo vacío, pero una vez que se me adapta la visión a la nada veo que sí están las olas, la arena, la calma de otoño; solo hay que saber encontrarlas. Desubico el resto, de manera que únicamente existe lo que tengo cerca, a pocos metros. No hay horizonte, pero no me importa porque estoy acostumbrada.

Cuando Nil me abre la puerta, tartamudea. Le doy un beso. Él sonríe y habla poniendo una voz algo más grave de lo habitual, como un niño que imita a un señor.

Me enseña orgulloso el piso de sus padres: un salón lleno de fotos, una cocina llena de táperes, una habitación de matrimonio que solo vemos desde una puerta entreabierta. Luego, la suya. Paso dejando la cazadora y la bufanda en el escritorio, que tiene un portátil, libros de la uni y videojuegos. Busco, pero no tiene nada de música. En las paredes, pósteres del Barça, una camiseta del fútbol de su insti y un corcho lleno de chinchetas con fotos de sus veranos. Al lado, otro estante con un Mickey Mouse más grande que el tamaño de un bebé. Se me escapa una sonrisa.

—Es la habitación de cuando era pequeño —dice tan rápido que parece que se interrumpa a sí mismo—. Ya paso de cambiarla porque pronto me piraré de casa, supongo.

—Pronto, dice —exclamo con una carcajada—. Als vint-i-nou i amb sort. —Me doy la vuelta y lo veo muy serio—. Nil, que mi habitación está llena de peluches de cuando era pequeña. —Me acerco a él y pongo las manos en sus brazos con cuidado—. En plan, muy llena.

—¿Sí? ¿Cómo de llena?

—Muchísimo. No entra la luz del sol por la ventana de la cantidad de peluches que hay.

—Tantos, ¿eh?

—Cuando abres la puerta se te caen encima, tipo en *Una noche en la ópera.*

—¿Qué noche en la ópera?

Nos besamos hasta que nos dejamos caer en su cama. Nos quitamos el jersey y la camiseta. Me acaricia el cuerpo, intenta quitarme el sujetador sin mirar. No acierta y, cuando lo interrumpo, se fija en algo y me agarra el brazo.

—¿Qué te ha pasado? ¿Cómo tienes el brazo así?

Me quedo callada mientras los dos miramos los caminos rojo oscuro en mi piel hasta que también, como si me interrumpiera a mí misma y alejando el brazo de sus manos, digo:

—Me he caído, no es tan raro.

El sexo con Nil es extraño, lo cual no quiere decir nada bueno ni nada malo. Cuando terminamos, me voy desnuda al baño a hacer pipí y, aunque me digo que volveré enseguida para tumbarme en la cama, me quedo doblada encima de la taza del váter, con la cabeza colgando entre las piernas y el pelo acariciando el suelo, hasta que oigo la voz de Nil desde la habitación.

—Estàs bé?

—Sí, sí.

Vuelvo a su cuarto y me quedo en el umbral de la puerta.

—I tu?

—Súper, estic molt bé. ¿Cómo no iba a estarlo? —dice mirándome el cuerpo. Yo sonrío porque supongo que es un cumplido—. Me meo con que vayas en bolas por mi casa como si nada.

—¿Cómo debería ir? ¿Me tengo que vestir para cruzar un pasillo vacío?

—No, no. Pero hay gente que se tapa el cuerpo enseguida, yo qué sé.

Vuelvo a su lado y me acurruco. Nos tapo con la sábana, para hacer como si nunca me hubiese levantado y ausentado durante demasiados segundos, y le pido:

—¿Me abrazas? Así como si quisieras.

—Quiero abrazarte, claro que sí, ¿por qué no iba a querer?

Nos quedamos un rato en silencio mientras yo tengo los ojos cerrados. Solo los abro cuando Nil vuelve a hablar porque lo hace de forma pausada, dejando espacio entre cada palabra, como si estuviera pensando mucho cada una de ellas.

—Antes, cuando te has quedado en el lavabo un rato…, ¿estabas rallada por tu ex? ¿Pensabas en él?

No digo nada y él mira el techo, esperando.

—No, la veritat és que no. —Decido ser sincera—. Estaba pensando en qué me pasa.

Parece que si no tengo a otro tío en la cabeza se queda tranquilo, porque solo dice: «Ah, vale, vale», y nada más. Cambio de postura, me acerco a la pared.

Poco después, me voy a casa.

A mi madre le agobia la *app* del tiempo porque confirma que en Riga hace un frío que no es ni medio normal. Y porque mi ropa de abrigo es solo ropa de abrigo de mentira. Por eso, uno de esos días en los que está bien, insiste en que vayamos juntas a comprar algo útil. Yo le digo que tampoco sería para tanto si me fuese con los jerséis que ya tengo.

—Como mucho, un día recibirías una foto de un bloque de hielo abandonado en la calle, así ya sucio y pisoteado, ¿sabes cómo te digo? En plan la nieve fea de primavera en las estaciones de esquí, la que se queda marginada al borde de la carretera.

—Abril, ¿qué dices?

—Sí, escúchame. Y te dirían algo tipo, con la foto, digo: necesitamos que reconozca el cadáver de su hija.

—¿Qué tonterías dices? No me cuentes historias.

—Y me ves la cara entre el hielo, azul y desfigurada, pero como triste. Con cara de «mamá, tenías razón, mi ropa no abrigaba». Llevaría puesta la cazadora, la que no te gusta porque dices que no tapa.

—No me cuentes historias.

—Pero entonces tendrías razón. Y llevaría el pelo mojado de la ducha. Causa de la hipotermia: pelo mojado. Así tendrías razón con eso también.

En todas las tiendas a las que vamos nos miran raro cuando les preguntamos si tienen ropa que me ayude a vivir a tantos grados bajo cero, aunque nos miran raro digamos lo que digamos porque mi madre lleva escrito en la frente que tiene cáncer y la gente lo lleva mal.

Resulta que no tienen ropa decente en ninguna parte, así que terminamos en una tienda de deportes de montaña: vamos directas a la sección que aparenta más seriedad, ahí donde venden cosas para gente que hace cosas arriesgadas en lugares fríos. Me siento interesante mientras estamos allí porque igual aparento ser otra, una Abril que escala montañas y no su cama, que se tira en parapente y no de los pelos.

Miramos una por una las etiquetas de cada prenda e intentamos entender qué materiales son mejores según el intensivo que estoy haciendo en YouTube. He aprendido que algunos parece que dan calor, pero luego te hacen sudar y te conviertén en tu peor enemiga; otros aparentan menos, pero son los que mejor calientan porque te protegen del exterior. Busco el segundo tipo.

Mi madre y yo nos distribuimos la tienda. De vez en cuando ella coge una prenda y me hace señas. Yo sonrío y asiento, seguimos buscando. Finjo que miro tanto como ella, pero en realidad no le quito ojo. Ella, la piel pálida y el pañuelo amarillo son un punto de atracción que la gente observa al entrar o salir de la tienda. Siempre sin acercarse demasiado, como si pudiera contagiarlos, pero como no puede, les clavo la mirada fijamente por si así molesto.

Al final termino pidiéndole ayuda al chico que trabaja en la tienda porque no me aclaro. Cuando le digo que es para irme a Riga, tengo que añadir que es la capital de Letonia. No pone tampoco mucha cara de ubicarla en el mapa, pero cuando le cuento cómo es el clima en invierno me recomienda materiales y prendas concretas.

Justo cuando parece que estamos cerca de algo, veo a mi madre tan cansada que terminamos yéndonos con las manos vacías. Le digo que volveremos otro día, aunque no sé cuándo.

El bus de vuelta a casa va lleno y sé que el trayecto se hará más largo que antes. Conseguimos sentarnos juntas.

—Mamá, sabes que si en enero no estás mejor no iré a Riga, ¿no?

—Sí, claro, pero vas a ir.

Nos quedamos calladas mirando a otra gente que va en el bus hasta que ella vuelve a hablar.

—Irás. Dentro de unos meses estaré mejor.

Yo le prometo que siempre me secaré el pelo y que buscaré un buen abrigo. Mientras hablamos, mi zona pasa pendiente arriba por la ventana. Apoyo la cabeza en el asiento de delante y me las quedo mirando —a mi zona y a mi madre— en un plano torcido que las distorsiona. Estando una al lado de la otra, algo superpuestas pero juntas, ambas parecen derrotadas. Y ambas están llenas de cuestas eternas; si pudiéramos evitarlas, las evitaríamos.

Recorro el pasillo de la planta baja de la uni medio corriendo, abro la puerta trasera de clase y voy directa a la fila donde nos ponemos siempre. Me siento en el último asiento, el que chirría cada vez que te mueves un centímetro y que siempre me toca por llegar tarde, al lado de Laila. Ella me dedica una especie de sonrisa forzada que no sé si va por la clase que están dando, por la hora que es o por mí.

No me entero de nada en las dos horas. Invierto parte del tiempo en mirar a las chicas de reojo y adivinar qué piensan sobre lo que me he callado. Tomo apuntes solo de vez en cuando, el resto dibujo garabatos apretando tan fuerte con el boli que termino agujereando el papel. Solo me doy cuenta de que la clase ha terminado porque todo el mundo se levanta. Recojo mis cosas como si me diera igual tener que enfrentarme a mis amigas.

—Café? —dice Emma.

Las chicas asienten y recorren el pasillo, yo las sigo. Bajamos las escaleras de fuera y cruzamos las cortinas tipo túnel de autolavado que tiene la cafetería como puerta y que le dan el rollo de uni pública sin presupuesto de más. En la cola nos ponemos muy cerca las unas de las otras porque, como se supone que la gente que hace edificios sabe, unas cortinas de autolavado no paran el frío de fuera. Ellas se ponen a hablar y yo a fijarme en las estudiantes que están preparando algo para el 25N al otro lado de la ventana. Están colocando por toda la plaza del campus unos maniquís con cuerpo de mujer. A algunos les han arrancado la cabeza, a otros, los brazos.

Cuando nos sentamos en las mesas heladas de la cafetería, tiemblo. Decido quedarme en mi cabeza, con la mirada puesta en los maniquís que no tienen.

Vuelvo dentro cuando Carla pronuncia mi nombre.

—Volíem parlar amb tu.

No entienden por qué no les cuento lo que pasa en mi vida, o pretenden preguntarme si confío en ellas, o no saben qué hacer para ayudarme. No me queda claro qué quieren porque se terminan unas a otras las frases y ninguna parece convencida de lo que está diciendo. Supongo que confío en ellas, les digo, aunque añado:

—No ho sé.

Me quedo encallada en las últimas tres palabras durante el resto de la conversación. Poco después, Carla anuncia que ya es la hora y que tenemos que volver. Se levanta y se va. Emma la sigue, desaparecen. Laila y Nora se quedan en silencio a mi lado.

Pasados unos segundos, decido repetir:

—Hem de tornar, ja és l'hora.

Cruzando la plaza para volver a clase esquivo los cuerpos. Mirando los que no tienen cara, pienso que los que sí tienen podrían sacar de aquí a los demás. Buscar cabezas y brazos para todos. Imagino que cobran vida, que se escapan juntos a un lugar donde no haya cortinas de autolavado.

Me quedo atrás. Vuelvo a cruzar la uni a toda prisa; me tocará el asiento que chirría otra vez.

Durante la semana se hace algo más fácil hablar: con mis amigos, solo si lo que se dice tiene poco o nada que ver conmigo; con Àlex, una única vez y sobre tonterías que no le interesan a nadie. Dejo de escribirle al Àlex de junio y hablo con uno que no conozco.

Èric y Nora me cuentan que está como ido, que nadie sabe nunca dónde está ni qué hace. Imagino que está desaparecido entre la niebla de la playa del otro día, entre «no ho sé» y «no ho sé» y entre las manis que terminan en hostias y en perderse de vista, y que por eso no lo encuentran.

Convencida de que igual yo puedo encontrarlo, un día le escribo que me gustaría verlo y me contesta que vale. Que cuándo.

El fin de semana mis padres y yo nos vamos fuera, aunque no mucho porque la quimio nos retiene en Barcelona. En el coche encuentro el discman de cuando era pequeña y viajábamos horas y horas escuchando Dire Straits, Pink Floyd, George Harrison, Bob Dylan y esos hombres a los que mis padres han visto en directo y yo no. Hay tantos CD que me mareo antes de verlos todos.

Decido poner Leonard Cohen y mientras mis padres bailan, dentro de lo poco que se puede bailar mientras uno conduce o hace de copiloto, vuelvo a ser una niña y los veo distintos, como los veía antes de que me diera cuenta de que eran personas, aparte de mis padres. Antes de que supiera que los viajes en coche no eran tan cortos, ni las ausencias tan largas, ni pasaban realmente a cámara rápida las cosas que daban miedo.

En momentos como ese, cuando estoy en un sitio entre muchos sitios y en ninguno en concreto, donde no se puede contestar un «¿dónde estás?» porque todas las respuestas caducan al minuto, tengo todavía menos años de vida y olvido que a veces me desajusto de la realidad y que me voy a otro sitio, no sé a dónde. Entiendo que los viajes de cuando era pequeña tenían algo para que no quisiera salir del coche —no solo la música—. Era estar protegida del exterior por una gran carcasa, que entonces no sabía que puede ser mortal. Era estar en un lugar del que nadie puede irse de golpe, ni puede una quedarse sola; hay, por lo menos, que parar primero.

Una vez en el pequeño hotel que mi padre ha elegido, mi madre se pone triste porque nos han dado una habitación en la planta baja y las plantas bajas nunca le han gustado. Supongo que la recepcionista se da cuenta, porque cuando entramos y dejamos las maletas se presenta en la puerta y dice que se ha quedado libre una de las mejores habitaciones en la segunda planta y que si nos queremos cambiar. Decimos que sí y, una vez arriba, nos echamos a reír.

—Igual se cree que es el último fin de semana de mi vida, imagínate.

Bajamos a darle las gracias. Luego invertimos la tarde en pasear por la montaña huyendo del sol porque mi madre solo puede estar a la sombra. Al llegar a un claro entre los árboles, junto a un monasterio, mi madre nos hace a mi padre y a mí todas las fotos que le caben en la nube porque dice que estamos muy guapos así en la naturaleza. Tiene pinta de *boomer* total cuando las saca porque sonríe y sube la cabeza, con la mirada baja y el móvil muy en alto, como para tenerlo a la altura de los ojos.

Después nos tumbamos en la cama, desde donde se oye lo que pasa en el jardín. Antes de salir a cenar le enseño a mi madre a pintarse un poco las cejas para que parezca que todavía las tiene. Pero me sale mal y decide quitárselo en el baño.

—¿Si pones cara de pena nos invitarán a algo? —digo.

Y me contesta que sin cejas no sabe poner cara de nada.

Cenamos en un restaurante de un pueblo cercano y después nos sentamos a escuchar el silencio delante de lo que, hace unas horas, era un campo. A duras penas cabemos los tres en el único banco que hay. Yo me siento de lado y me queda medio culo fuera, pero no digo nada. Al poco pongo *Take a walk on the wild side* muy bajito en el móvil.

—La abuela se ponía nerviosa cuando ponía música —dice mi madre sin venir a cuento. Mi padre le da la razón y se ríe—. Y mira que le gustaba.

—Igual le recordaba a tu hermana —dice él.

—Sí, no sé.

Luego se quedan callados, como si estuvieran en un recuerdo que no comparto y, por lo tanto, teniendo una conversación silenciosa que yo no oigo.

—Era una persona muy especial, tu madre —dice mi padre.

—Lo último que me dijo... ¿Te lo he contado, Abril?

—Lo de que se había olvidado la leche abierta en la nevera de su casa y que perdón para cuando tuvieras que vaciarla —recito.

El banco está debajo de una farola que no llega ni a iluminarnos los pies. Delante y detrás está todo oscuro, pero es una oscuridad distinta de la de casa. Es más negra y contundente, pero tranquila. Es una oscuridad que permite ver las estrellas, la calma, la noche. No asusta, no demasiado.

—Me quedé muy tranquila cuando murió. Por haber estado con ella todo el rato —dice mi madre—. Fue lo último que hicimos juntas.

La miro un segundo y luego vuelvo a mirar al frente, de forma que nos quedamos los tres contemplando una nada que no dice nada, ni enseña nada, ni tiene nada que valga la pena mirar. Me doy cuenta de que se oyen pájaros y plantas procedentes de algún punto que no identifico. Bueno, quizá es una nada que no tiene nada por fuera, supongo que desde dentro es distinto.

—Sentí que recorría un pasillo con ella. Que le abría la puerta y le decía: «Mamá, vete, estate tranquila». Y se lo dije, le dije: «Estate tranquila. Vete…». Y se fue tranquila. —Se queda callada, pero enseguida, como si le diese pereza seguir con la conversación que ella misma ha empezado, añade—: Bueno, ¿vamos? Estoy cansada.

Nos levantamos y echo un último vistazo al campo, los pájaros y las plantas invisibles. Andamos un trozo en silencio y se oyen solo nuestros pasos bajo la luz del camino.

—Al fin y al cabo, es solo un último viaje —sigue cuando ya parecía que no estaba pensando en ello—. Por ser el último no es el peor, ni el más importante. Mi madre y yo hicimos cosas más importantes juntas.

Àlex es Àlex en todas partes, entre mucha gente e incluso de espaldas. Por eso lo reconozco de muy lejos entre las mil palomas y los dos mil guiris de *plaça* Catalunya. Sé que él me ve a mí también a muchos metros porque se quita los cascos, y no se los quita por cualquier cosa. La distancia que nos separa podría ser rara después del tiempo que hace que no quedamos a solas, pero nos miramos a los ojos y sonreímos mientras andamos el uno hacia el otro, como si nos estuviéramos encontrando de casualidad. Al juntarnos, lo abrazo muy fuerte y él me abraza a mí también; su olor me envuelve y sé que se me quedará en el pelo durante las próximas horas.

—Te has hecho dos pendientes más —le digo cuando nos separamos un poco—. ¿Las orejas se te pusieron tan rojas como la otra vez?

—Sí, pero esta vez no vino ninguna loca a decir que me las tendrían que cortar.

—Te he echado de menos. ¿Podemos parar de hacer esto de no hablar?

—¿Damos una vuelta? Tengo tiempo hasta las dos.

Nos metemos en el Gòtic y desaparecemos entre sus calles. Nos perdemos entre paredes de piedra y partes de nuestra historia. Pasamos por la catedral y hablamos de lo distinta que es de Santa Maria del Mar y de lo distintos que estamos nosotros desde que empezamos a pasear juntos por aquí. Pasamos por el *carrer* Paradís y nos asomamos al Temple d'August a ver las columnas romanas, y a la puerta del bar al que solíamos ir en bachillerato. Y pasamos también de la hora; no sé a dónde tenía que ir Àlex a las dos, pero no va.

Cuando llegamos a Sant Felip Neri nos sentamos en la fuente del medio de la plaza. Se oye solo la brisa moviendo las hojas de los árboles y el agua justo detrás de nosotros. Nos quedamos ahí unos minutos. Cierro los ojos y dejo que la luz me acaricie los párpados, que se lleve a su paso el aire encerrado, el polvo acumulado, las horas gastadas en no hacer nada. Los vuelvo a abrir cuando oigo la voz de Àlex.

—Abril —dice mirando fijamente la pared de la iglesia agujereada a metralla—, ¿podemos irnos de aquí?

—¿Por? Si nos encanta esta plaza.

—Precisamente.

Así que nos levantamos y nos vamos. Y no solo de la plaza, sino de la ciudad. Me convence para ir a su barrio, comprar trozos de pizza y birra y coger el diminuto y viejo coche de su padre para irnos a las afueras. Hacemos casi todo el trayecto en silencio mientras suena música y Àlex conduce con cara de concentración, como si estuviera demasiado ocupado para decir palabra.

Llegamos a uno de esos bosques que acaban Barcelona por arriba a los que solemos ir para estar lejos de la gente. Los caminos de tierra hacen botar el coche, el ruido de los neumáticos sobre las piedras se come la música y el polvo, las ventanas. Àlex para en un punto y se queda mirando un paso entre las plantas que no llega a camino y que baja hacia un pequeño claro entre los árboles.

—¿Bajo? —dice sin quitar los ojos de allí.

No espera a mi respuesta y el coche vuelve a trotar, esa vez en bajada. Instintivamente, pongo la mano sobre la puerta y levanto la cabeza para ver lo que hay delante del morro, igual que hace Àlex. Las plantas se frotan contra los cristales y, por un momento, nos impiden ver nada que no sea el lugar al que él quiere llegar. Yo me doy la vuelta y veo por la luneta trasera, enmarcado en un plano sin aire, el camino que vamos dejando atrás; las plantas van colocándose en su sitio tras nuestro paso, como si nunca hubiéramos estado ahí.

Al llegar al claro, Àlex para el coche. Apaga el motor y la música; de repente el bosque suena. Bajamos las ventanillas porque, aunque es otoño, el sol calienta. Àlex se mete entre mi asiento y el suyo y coge las cajas de pizza de atrás, me pasa la mía. Comemos escuchando los pájaros y la brisa en trescientos sesenta. Yo saco el codo y media cabeza por la ventana y él, los pies; el coche es demasiado pequeño para no hacerlo y terminamos como Alicia en la casa del conejo cuando le salen los brazos y las piernas por las ventanas y las puertas.

—Àlex —digo en un punto, con la boca medio llena—, ¿te puedo preguntar una cosa?

Él me mira y levanta las cejas.

—Si fueses un árbol, ¿crees que serías perenne o caduco?

—Joder. —Se queda pensativo mientras sigue comiendo—. En otro momento hubiera dicho que soy perenne. Pero me parece que soy caduco.

—Yo también creo que eres caduco. Y creo que yo también lo soy —contesto.

—Tú serías un árbol de estos que tienen flores. Que se caen de vez en cuando, pero… —Se espera a tragar para añadir—: Vuelven a salir.

Nos quedamos de nuevo en silencio y me termino la pizza. Después abrimos las cervezas y nos espachurramos en los asientos del coche. Él echa el suyo hacia atrás y yo pongo la cabeza encima de su pecho, con los pies sobre el salpicadero.

El sol entra por la ventana y me da en la cara; cierro los ojos como en Sant Felip Neri, pero sabiendo que ahí no duele porque estamos en un punto al que no sé llegar sola.

Con el paso del tiempo, escuchamos una vez más el disco entero *Days Gone By* de Bob Moses, y la luz del sol se va del coche. Espero a que termine la última canción para decir, levantándome y abriendo la puerta:

—Voy a mear. No mires.

Mientras estoy en cuclillas detrás del coche, oigo como Àlex se incorpora y me llama. Suelto un sonido para indicar que lo estoy escuchando. Me estoy subiendo los pantalones cuando me pregunta cómo me siento. Me quedo parada un momento y aprovecho que no me ve para mirarlo entre las ventanas. Está jugando con la anilla de la lata de cerveza, moviéndola arriba y abajo hasta que se rompe. Entonces se da la vuelta y me busca. Vuelvo a subir a su lado.

—¿Respecto a qué?

—Todo. Tú, tu madre. Yo.

Cojo mi cerveza y me pongo a jugar yo también con la anilla mientras decido qué quiero contestar. Finalmente, opto por decir que estoy asustada. De perderme, de perderla, de perderlo.

—A mí no me perderás —dice con la mirada puesta de nuevo en la lata.

Le cuento cosas sobre las últimas semanas. Él me escucha atentamente y, cuando me agoto de soltar emociones, le paso el turno de palabra. Dice que no está demasiado bien y se pone a hablar de lo que ha estado haciendo: salir por ahí, estar en casa, hacerse agujeros en las orejas.

Cerramos las ventanas porque empieza a entrar frío. El sol se esconde entre los árboles, desaparece y queda solo un reflejo dorado sobre las hojas que, por un momento, convierte el bosque en un lugar distinto. Se lo digo a Àlex y nos quedamos en silencio mirando.

—És bonic, sí.

Aprovecho su pausa para aconsejarle que se abra más. Que tiene que comunicarse con el mundo exterior, que nadie puede adivinar lo que siente y que no es sano encerrarse así. Me quedo satisfecha porque son buenos consejos. Con mis palabras se va también la luz dorada, la tarde, la distancia que hemos mantenido hasta ese momento y la conversación. Finalmente, el bosque se vuelve azul y nuestra cara, dentro del coche lleno de migas, cartones de pizza y latas vacías, también.

—Y, Àlex, una cosa.

Él me mira y espera a que vuelva a hablar. Cuando se da cuenta de que se me escapa la sonrisa, dice:

—Es otra pregunta sobre árboles, ¿verdad?

—Si fuese un árbol y tú una persona, ¿vendrías a verme?

—Eres pesada, ¿eh? —dice justo antes de encender el coche—. Sí, Abril, sí. Aunque te hubieran plantado a tomar por culo. No sé cómo saldremos de aquí —añade mirando la pequeña bajada por la que hemos llegado.

Resulta que volver a la carretera es mucho más difícil de lo que ha sido dejarla. Tenemos la luz, la gravedad y el tiempo en contra. Àlex le da al acelerador a tope, pero el coche no responde: me ofrezco a bajarme para no ser una carga. Funciona y se aleja de mí, sigo a pie. El frío me muerde la piel y alguna rama la araña, pero fijo la mirada arriba, no me detengo.

Al llegar, el coche y Àlex me esperan con las luces encendidas. Me subo, nos vamos. Miro por la ventana y me desoriento entre la oscuridad de los caminos de tierra sin iluminar. Me gustaría saber dónde estamos exactamente.

—¿Te llevo a casa? —dice Àlex.

Digo que vale sin apartar los ojos del cristal y, cuando dirijo la mirada hacia él, veo que conduce solo con la mano izquierda y que ha dejado la derecha al lado del cambio de marchas, con la palma abierta.

—¿Sabrías volver allí tú? Donde estábamos antes —suelto cuando al fin volvemos a las calles con farolas.

Àlex no duda y, tranquilo, como si hubiese pasado en ese sitio media vida, dice que sí.

INVIERNO

Solo en invierno tiene sentido el calor. Es solo en invierno cuando hay días de sol bueno, de los que se pierden en el mes equivocado sin saber qué son ni dónde deberían estar. A mí son los que más me gustan y, cuanto más me gustan, peor llevo que se terminen pronto. De golpe, igual que el otoño.

La estación de las caídas se va y el frío vuelve a Barcelona de la misma forma que Àlex al mundo: a noches intermitentes hasta quedarse del todo. Volvemos a ir a los sitios que nos gustan. Empezamos a vernos un poco más, pero con la sensación de andar por un campo de minas; si no explotamos es que lo estamos haciendo bien, decimos.

Nil, en cambio, desaparece sin hacer ruido y de un día a otro. La última vez que lo veo lo acompaño a su uni después de pasar la noche juntos. Él está triste y cuando nos despedimos en la puerta me dice que me nota ida, desconectada.

—No te entiendo —contesto.

Pero luego le doy la razón y me voy. Lloro un poco, incluso.

La última semana en Barcelona tengo planes para decir adiós y mi vida tirada en bolsas de esas a las que se les chupa el aire para que lo de dentro pese menos. Ignoro mi inminente partida viendo pasar el principio del año en el centro y en los barrios verticales y en una cala cerca de la ciudad. Allí me tumbo entre Nora y Àlex bajo el sol inofensivo de esos días, cantando medio dormidos y muy bajito para no sonar más fuerte que el mar, y abrazo el invierno mediterráneo, la indecisión climática, la ausencia de mareas. Me rodeo de tanta pausa que parece que el mundo esté congelado, como si fallase la conexión en una videollamada.

Solo el hospital consigue devolver los sesenta minutos a las horas. Mi madre termina las sesiones de quimio y le hablan de los siguientes pasos: el final de una etapa es el principio de otra. En las salas de las máquinas y las personas conectadas, la señora Julia y ella se abrazan. Se ríen, dicen:

—Cuando mejor se está es cuando hay que irse.

Igual que las relaciones que no valían tanto, igual que la capacidad de comunicar, igual que los días perdidos en el mes equivocado: se van, primero, lentamente; después, cambia todo para siempre y ya está.

Miro la luz directamente hasta que me tatúa pequeños soles en las pupilas. Nos metemos entre las nubes que no habían conseguido tapar el amanecer, y el avión, que hasta entonces era naranja y amarillo, se vuelve un poco menos naranja y un poco menos amarillo. El paisaje pasa a ser borroso y monótono, así que me permito desaparecer entre el ruido blanco de fondo, el sonido seco de alguien que cierra los compartimentos de arriba, alguna conversación cero interesante. Me agarro a mi móvil y cierro los ojos, desconectada del mundo y entre un mundo y otro.

Justo antes de quedarme dormida hay turbulencias y cruzamos el cielo dando botes; me da por pensar en los kilos que carga el avión. Pienso en el equipaje de toda esa gente, pienso en toda esa gente y en el peso que llevará encima. Pienso en mis tres maletas, con el aire chupado, muy comprimido, y en lo difícil que me ha sido subirlas a la cinta que se las lleva. Y pienso en el peso de mis piernas, de mis brazos, de mi cabeza; pienso en la gravedad y en la distancia que hay entre mi cuerpo y el suelo.

Me despiertan los altavoces. Abro los ojos enseguida, como si dormir tanto hubiese sido un error, y descubro que estamos tan arriba que el cielo es azul. Más abajo, detrás de una capa densa de tormenta y a muchos metros —ni sé, ni quiero saber cuántos—, el sur de Letonia, o Lituania, o algún otro lugar cercano al lugar lejano al que voy.

Al cruzar el mal tiempo desaparece de golpe la luz, pero aparecen bosques nevados, caminos estrechos, lagos helados. Algunas casas. La oscuridad devora la tierra y la recorro con los ojos muy abiertos: bosques, caminos, lagos y más bosques y más caminos, y caminos tragados por bosques. Tras la niebla, aparece el mar Báltico y se queda con todo.

Los árboles crecen con los segundos. No me doy cuenta de lo altos que son hasta que se nos echan encima; Letonia se me traga antes de haberla pisado.

Justo antes de perder el paisaje de vista, me fijo en una camioneta con las luces encendidas, amarillas, que trota por una carretera pequeña con nieve a ambos lados. Me hace pensar en el videoclip de una de las primeras canciones de Bon Iver y ese trocito de casa empieza a sonar en mi cabeza cuando la gravedad nos golpea y tocamos tierra.

Las ruedas se quejan y parece que es el mundo el que se va poniendo en su lugar y no nosotros los que dejamos de correr. La pista frena. En el aeropuerto, a través de mi ventana, unas letras medio descoloridas forman la palabra «Rīga». Toco el cristal como si fuese a sentir el frío que hace fuera y no en el cielo.

Se pone a nevar mientras cargo con el peso de mi indecisión hasta el maletero de un taxi. Enseño en el móvil a dónde quiero ir: la calle y el número donde debería estar la comunidad de estudiantes donde debería estar el piso donde debería estar la habitación que he alquilado. Él asiente y, sin decir nada, arranca. Recorremos autopistas y calles oscuras y cruzamos un puente largo después. Yo pego la cabeza a la ventana y voy de un lado a otro de los asientos traseros para lograr entrever entre coches y camiones un río eterno, iglesias, edificios antiguos de colores, cúpulas y otros trocitos de la Riga que descubrí en internet, hasta que sustituimos todo ello por largas avenidas que me parecen iguales.

El coche se para en el cincuenta de Bruṇinieku *iela* a las diez de la mañana. Espero un cambio que no vuelve, un adiós que no llega y un maletero que no se abre, así que salgo sola del coche y saco mis maletas una a una.

Me quedo justo donde me he bajado, junto a mis cosas, viendo como el coche se larga. Luego miro a mi alrededor: es una de las calles más tristes que he visto en mi vida.

La nieve, que todavía cae, se ha ido acumulando en grandes montones en el ángulo entre la acera y las paredes de las casas, todas de colores apagados; si eran de colores vivos, fue hace muchos años. Las ventanas son de madera comida por el invierno año tras año y en ninguna se ve luz, ni vida, ni gente. Las aceras y el asfalto están igual de gastados, repletos de agujeros, baches y grietas, como si se hubiesen paseado veinte tanques soviéticos por encima.

El silencio es tan grande que casi puedo oír los copos depositándose en el suelo. Mi número está colocado junto a un descampado en el que han crecido y muerto todo tipo de plantas salvajes, pero reconozco mi edificio de haberlo buscado en el Street View tantas veces que Google me ofrece el enlace nada más abrir una ventana nueva.

La fachada está tan castigada como se veía en las fotos y a nivel de calle tiene un local con el escaparate agrietado: parece una peluquería, pero de esas en las que entras a cortarte el pelo y sales con un órgano menos y una cicatriz infectada que te cruza el torso. Al lado hay una entrada sin puerta que da a otro espacio.

Justo en ese momento, una chica muy alta sale de ahí y me habla en inglés.

—¿Eres Erasmus? —dice con un fuerte acento de no sé dónde.

Sí. Le pregunto si eso es lo que estoy buscando y me dice que lo es, que si estoy esperando a alguien.

—Sí, creo que viene alguien.

Decidimos presentarnos casi a la vez. Se llama Zdenka Kovačovičová. Al instante su nombre queda registrado en mi mente como una palabra impronunciable. Me cuenta que ha quedado con su compañera de piso, que es majísima y que la está esperando para ir juntas al súper.

—*So nice* —digo mientras pienso que yo no tengo con quién quedar ni con quién comprar nada.

Un chico interrumpe nuestra conversación unos segundos después. Me saluda con un acento francés que se come las letras, dice:

—Soy Jules. Perdona, pero tengo prisa.

Me lleva a través de la entrada y arrastro mis maletas con prisa. Cruzamos un patio y nos plantamos frente a una puerta vieja que tiene un enano de Blancanieves de cartón al lado. Señala la entrada guiñando un ojo en plan sexi, aguantando un cartel que anuncia un negocio. No lo entiendo porque está en ruso. No pregunto.

Dentro, un pasillo negro y otra puerta que Jules abre poniendo un código.

—Tienes que apretar todos los números a la vez —dice. Me enseña cómo poner la mano para poder hacerlo y no le presto demasiada atención hasta que añade—: No lo olvides.

Nos encontramos con unas escaleras mugrientas. Como no hay ascensor, decido rápidamente qué maleta dejo atrás y cojo las otras dos, dispuesta a llevarlas hasta donde sea. Diez escalones después, Jules se da cuenta de que no tengo tres brazos y va a por la otra maleta. Cuatro pisos y bastantes kilos más tarde, llegamos.

Apartamento número veinticinco. Jules va hacia la puerta, la abre y deja la maleta junto a ella. Me da las llaves.

—*This is it* —dice.

Y antes de que me dé tiempo a contestar añade que se tiene que ir y se va corriendo.

Delante de mí, un pasillo viejo con las paredes verdes, la pintura medio saltada, tres puertas a la derecha y una al fondo: la mía. Abandono en la entrada las pertenencias que tanto me ha costado traer y voy hacia allí.

Al cruzar el umbral me veo reflejada en un espejo. Yo estoy despeinada y pálida y la habitación, no mucho mejor: tiene un colchón desnudo y manchado de sangre pegado a la pared que, por algún motivo, es rosa; un cuadro hortera colgado encima; una ventana con los cristales llenos de mierda de paloma que da al patio por el que hemos entrado; unas cortinas de color salmón; enfrente de la cama, una tele vieja y negra tan llena de polvo que parece gris; una butaca gastada, de esas marrón oscuro que tragan mugre pero dejan entrever alguna mancha sospechosa; una lámpara de araña en versión cutre; un armario con un espejo en la puerta; una chica desubicada y con las manos vacías reflejada en él.

Arrastro mis cosas tiradas en el pasillo hasta allí. Cierro la puerta del piso y, con pasos discretos, me dedico a ir estancia por estancia como si cotillease la casa de otra persona sin permiso. Con una mirada rápida es fácil hacerse una idea. Es como hubiera imaginado un piso de la época soviética: todo está lleno de polvo y es diminuto, viejo y de colores chillones que no pegan nada entre sí. Mi habitación es rosa, la cocina, verde; el cuarto del váter y la lavadora, naranja; la otra habitación, azul; el baño, blanco: menos mal.

En cada una de las ventanas sigue nevando fuera. Me quedo mirando el patio desde la cocina mientras me fijo en los copos, que caen en cámara lenta como si disfrutasen más del descenso que de la llegada en sí. Van de un lado a otro, dan vueltas, se mezclan y da igual lo que hagan porque todos llegan, al final, al mismo lugar: el suelo. Por mucho que la calefacción esté situada justo debajo del cristal, me parece más cálido el exterior que el piso.

Cuando vuelvo a mi cuarto, cierro la puerta. Abro de par en par la maleta más grande y saco mis zapatillas para ponérmelas y sentarme justo donde estoy, frente al espejo.

Es en ese momento cuando pienso en algo que me persigue durante el resto del día. Que estoy sola en un país frío, lejano, raro, de bosques inmensos y caminos estrechos, de grietas en el asfalto, de paredes de colores feos, códigos en las puertas, taxistas que no contestan a nada de lo que digo y en el que no conozco a nadie. Ni siquiera recuerdo con qué letra empezaba el nombre de la chica de antes.

Saco el móvil del bolsillo, marco un número y hablo en mi idioma por primera vez desde que he pisado Letonia.

Después de un bocadillo traído de casa aplastado en la mochila, la falta de luz me hace mirar fuera. Sigue nevando. Busco el supermercado más cercano en internet unas cuantas veces. Tanto la primera, como la segunda, como la última vez la distancia es de siete minutos andando. A la cuarta, me levanto de la silla de la cocina en la que he invertido horas sin hacer nada y me pongo el abrigo más largo que he tenido en toda mi vida, el gorro que mi madre cree que va a impedir que pierda la cabeza en el norte y los guantes que, según el personal de la tienda, sirven para los climas y los lugares más inhóspitos.

Bajar las escaleras no es mucho más fácil de lo que ha sido subirlas; a cada paso queda más lejos el único lugar que conozco. Abajo, abro la puerta del edificio y lo olvido: el suelo se ha vuelto menos suelo y me abraza justo cuando pongo el primer pie en el patio. Avanzo hasta el medio y dejo que el cielo, tan blanco y gris como desde dentro del avión, me abrace también y me convierta en parte de su paisaje. Me quedo ahí, así, como si solo nevase en ese espacio. Y es bonito, o al menos me lo parece más que cuando he llegado. Bajo los copos hasta el enano siniestro es, por unos segundos y si lo miro rápido, menos siniestro.

Abandono el patio y vuelvo a la calle triste. Ando lenta por la acera por si doy con uno de los agujeros ocultos bajo la nieve. Paso por delante del descampado y otros lugares desiertos donde no veo a nadie, pero, ya cerca de la esquina, asoman algo de vida y unas luces azules de Navidad encendidas, colgadas en lo alto de una calle perpendicular a la mía.

Al llegar al cruce, me descubro ante una avenida ancha por la que pasan coches, tranvías y buses. Hay edificios antiguos marrones, de unos seis pisos y con tejados abuhardillados, cables que cruzan el cielo con faroles colgando en medio y nieve pisoteada por gente que ya no está ahí.

Cada poco levanto la mirada y me fijo en cómo el día se apaga, ignorando mi esquema mental, que grita que todavía no es momento para que se apague. Por delante de las luces encendidas de los coches pasa nieve que se precipita como si no fuese a parar nunca. Parece que el clima se haya apoderado de la vida, que la actividad, el calor y la cercanía estén detrás de los copos y del polvo, en un punto lejano a mí.

Con el tiempo, tras los cristales oscuros de los edificios descubro algo parecido a bares, tiendas, comercios. Tardo dos manzanas más en darme cuenta de que hay personas dentro de ellos. Tendría que pasar la mano por el escaparate y pegar la cara al cristal para saber qué hacen, o para confirmar que no las imagino. Me paro en la entrada de cada local solo un segundo y, solo durante otro segundo, me planteo abrir la puerta. En ninguna ocasión me atrevo, así que voy pasando de largo hasta que me quito la idea de la cabeza. Los interiores están más lejos del exterior en Riga que en Barcelona.

Solo dejo de estar fuera para estar en un supermercado en el que no hay música. Reboto sin gracia entre pasillo y pasillo hasta terminar con cuatro cosas absurdas en las manos haciendo cola para pagar.

—*Hi* —digo cuando me toca.

La chica de la caja no me mira y empieza a pasar mis cosas con desgana. Luego habla en su idioma.

—Perdona, no te entiendo. —Vuelve a repetir las mismas palabras, y añado—: No hablo… ruso.

Ella levanta la cabeza y, molesta, dice algo más. Se hace más evidente la falta de música; ¿en qué supermercado no hay música? Miro a la gente de la cola en busca de ayuda cuando ella repite lo mismo de antes. Más personas se van poniendo detrás de la última mientras los ojos de lo que parece medio país me atraviesan el abrigo, el jersey, la camiseta, la térmica, la piel.

—*Not Russian* —espeta una mujer a mi lado.

Coge una bolsa de plástico y la deja encima de mis cuatro cosas. La cajera la cobra rápido y señala el precio en su pantalla de ordenador.

—*Oh, sorry* —digo mientras pago y meto el paquete de pasta en la bolsa—. *Sorry.* —Meto el café—. *Sorry.* —Las galletas—. *Bye.* —Las cervezas.

Ya en la puerta del supermercado, me doy la vuelta y veo que todos han dejado de mirarme. Quizá el exterior me acerque a casa, aunque siga nevando y la noche se haya comido las calles que debo encontrar para volver al piso.

Encontrarlas no es fácil. De golpe, y sin motivo aparente, mi móvil se apaga. Sin mapa y entre la nieve amarilla de la noche, me pierdo intentando no perderme. Suenan fuerte los coches pasando a mi lado; más fuerte suena el silencio de la gente que me ignora cuando intento preguntar por Bruņinieku *iela*.

Pero cuando ya me escuece la piel de los muslos, las mejillas, los pies y me duele hasta el pelo, termino de casualidad delante de una esquina con el cartel de mi calle. La tomo, sigo los números hasta la peluquería turbia. En el patio, me fijo en el bulto de nieve donde antes se veía el enano y, en la puerta detrás de la otra, en el código. Intento unas cuantas combinaciones y fallo todas las veces, me asomo a las escaleras.

—*Hello?*

Mi voz resuena. Nada. Me quedo mirando la puerta cerrada como si por darle pena fuese a abrirse —no pasa—. Termino sentándome en el segundo escalón, mojado por la nieve deshecha y pisada por gente que no está ahí, y sintiéndome tan lejos de mi mundo que no me encuentro. Me repito que estaré bien en ese lugar, en esas escaleras, en ese edificio, en esa ciudad.

Me hago una bola y me froto las piernas. Me quito el gorro porque el trozo de Letonia que llevo encima se está convirtiendo en agua y me cae por la cara. Dejo los guantes en el suelo para no mancharme y abro las galletas. No están demasiado buenas, pero me las como. Una, dos, tres, cuatro.

No más. Las guardo, mejor no terminarlas ya para no tener que volver enseguida al supermercado. Las cosas tampoco son tan bonitas en invierno en el sur, pienso. Es culpa de enero, es culpa del tiempo.

Oigo viento fuera. Diría que hace días que es de noche, pero me obligo a recordar que esa mañana tenía soles tatuados en las pupilas; ojalá durasen todavía. Y ojalá durase la batería para saber de mi madre, de mi padre, de mis amigas. De Àlex. Ojalá durase la batería para ver cómo está el cielo en Barcelona. Seguro que allí también es de noche, es todo culpa del tiempo, culpa del invierno.

Han pasado bastantes minutos cuando la puerta principal se abre y se cuela nieve en el pasillo. Entra un chico. Para en seco cuando me ve todavía sentada en las escaleras y abrazada a mi bolsa del súper como una niña a la que han olvidado en la gasolinera.

—¿Quién eres? —dice en un inglés que suena a italiano.

—Soy nueva. Acabo de llegar.

Se acerca y marca los números correctos mientras me da la sensación de que se ríe de mí. Me sugiere que lo apunte en el móvil para que no se me vuelva a olvidar y tenga que parecer un perro abandonado en la entrada de su casa otra vez.

—Se me ha muerto el móvil —justifico.

—Ya, el frío.

—¿Cómo el frío?

—El frío apaga los móviles. Algunos.

—¿Y qué hago? ¿Qué puedo hacer?

—Nada. No uses el móvil y ya.

A cada piso que subimos me entero de algo nuevo. En el primero, que el chico se llama Enzo y que olvide Google Maps, que tendré que desarrollar mi nula inteligencia espacial para llegar a los sitios. En el segundo, que lleva en la ciudad desde agosto, que tampoco sabe qué es el negocio del enano, pero que de allí entran y salen tíos a horas raras de la noche. En el tercero, que hay una fiesta luego. La conversación se queda ahí y él, en la puerta del apartamento veintidós.

—Por cierto, ¿es normal que la gente me ignore? —digo cuando ya está metiendo las llaves.

—¿Qué gente?

—Los letones. O los rusos.

Enzo se ríe.

—Pues sí que eres nueva.

De vuelta en mi habitación, bajarme los pantalones y los *leggings* térmicos es como meter la mano para coger pescado del congelador. Dejo ambas prendas muy en la punta del reposabrazos de la butaca, hechas una bola. Temblando, me miro en el espejo: mis piernas están completamente rojas y tan agrietadas como el asfalto de las calles.

Me acerco al radiador, cierro las cortinas feas para no ver más nieve y que no me vea ella a mí y espero a que el calor me devuelva las extremidades. Me fijo otra vez en la habitación y se me acentúa el dolor de los muslos. Cuando deje de doler buscaré muchas sábanas y taparé la mancha de sangre del colchón. Entonces se estará mejor.

Los armarios de ese piso están llenos de objetos tristes de antiguos estudiantes, los que no fueron suficientemente importantes como para meterlos en una maleta y facturarlos en un avión. Buscar algo para la cama es como hurgar en recuerdos que nadie quiere recordar; por lo visto y por suerte para mí, bastante gente quería olvidar sus sábanas. Me las acerco a la nariz una tras otra y voy colocando las que no huelen raro en la cama.

Al final me quedo con dos porque las demás son demasiado pequeñas. No es mucho, pero cuando duerma intentaré recordar dónde está la mancha para evitar ese trozo del colchón. Después del trámite me quedo cansada. Recorro la casa hasta el único lugar, aparte del suelo, en el que me he sentado —la silla de la cocina— para volver a sentarme allí. Me sitúo en el borde, casi de puntillas, casi en el aire, casi sin sentarme. Me siento como si fuese a irme en cualquier momento, pero una hora más tarde sigo allí.

Cuando levanto el culo dolorido del trozo de madera agrietado cojo las cervezas que ni siquiera he metido en la nevera al llegar, salgo del piso y bajo las escaleras hasta el apartamento de debajo. Sé que la fiesta es ahí porque se oye música y mucha gente al otro lado: intento descifrar cuánta gente hay, en qué idioma hablan, qué tendré que hacer o decir si abren. Pero como no entiendo palabra, llamo y punto.

Nadie abre. Me monto historias feas sobre por qué no abren y toco el timbre a cada una de ellas; llamo hasta cinco veces seguidas. Termina asomándose una chica mientras dice:

—Y dale con el timbre este.

—Ay, perdón. Pensaba… Perdón. Enzo me ha dicho que había una fiesta. —Y por algún motivo lo entono como si fuera una pregunta—. Tengo birra —añado levantando en alto las cervezas, pero como la chica me está mirando fijamente sin decir nada, enseguida se me escapa un—: *I don't know.*

—¡Claro, claro! Perdona, sí. *Join us, please.* ¿Cómo te llamas?

—Abril.

—¿Cómo?

—*Like April, but with a b.*

—Ah, ya. Soy Elke, de Alemania. ¿Y tú eres de…?

—Barcelona.

Andamos el resto del pasillo medio a oscuras mientras los cumplidos sobre Barcelona me llueven y el sonido de la multitud dificulta cada vez más entenderlos. Al llegar al salón, la única habitación con luz, veo un montón de gente sentada y de pie y bailando y bebiendo en el suelo, en el sofá, contra la pared. La chica de la entrada va directa a bajar la música e intenta hacer silencio para luego gritar al grupo que soy nueva y que me llamo como el mes de abril, pero con b. Luego se refiere a mí y me dice que me siente donde quiera.

Decido quedarme justo donde estoy. El chico que tengo al lado y yo nos pasamos el típico *hey*, *hi, how are you?* y tal hasta que nos damos cuenta de que los dos hablamos castellano porque yo soy catalana y él murciano.

Después de que me acribille a preguntas sobre la independencia y las calles de mi ciudad, me cuenta que lleva unos días en Riga, que hace un frío de la hostia, que voy a flipar y que —según él— la gente no tiene ninguna gracia. Luego añade que por lo menos las mujeres son guapas y altas, a lo que yo hago una mueca y busco otra persona con quien hablar.

Aparece Enzo y me presenta al grupo con el que está, una serie de tíos cuyo nombre olvido al instante. Con mi ciudad viene una retahíla de comentarios y preguntas muy 2018 que van desde Puigdemont en Bélgica hasta «La casa de papel» en Netflix, desde palabras mal pronunciadas en castellano hasta palabras mal inventadas en catalán. Me paso el resto de la noche en medio de ese círculo, tragándome mis cervezas y ellos, cualquier cosa que yo diga.

Aprovecho para preguntar sobre el sitio y aprendo que también creen que en Riga hace un frío de la hostia, que voy a flipar y que la gente no tiene ninguna gracia. Aprendo cómo distinguir rusos de letones, cómo no confundirlos y que no puedo confundirlos. Aprendo cómo no llamar la atención de más, cómo preguntar cosas, qué cosas no preguntar. Aprendo en qué zona estamos, por qué viven tantos Erasmus en ese patio de Bruņinieku *iela* y que hay un señor de mantenimiento que tiene todas las llaves y que se presenta en los pisos sin avisar para arreglar algo. Cuando dicen lo de arreglar se ríen todos y me río yo también, no sé de qué. Aprendo cosas que tampoco quería aprender, pero las aprendo. Y digo *cool, good to know, this is so exciting* y cosas así.

Uno tras otro, me agregan a Instagram.

—*You're so nice.*

—*You're so pretty.*

—*Your English is so good.*

Enzo me da su número de teléfono. Dice que le puedo escribir si necesito algo y yo digo *amazing, thank you, I'll text you* y cosas así. Cuando subo de nuevo a la habitación siento que veo lo sucio y lo roto por primera vez. Mis ojos logran encontrar la mancha de sangre oculta tras las sábanas y planeo una pose en la que dormir sin ponerme encima de ella.

La pongo en práctica pocos minutos después y me acuesto intentando no oír la música de la fiesta y quedarme quieta en un lado del colchón. Arrinconada, imagino mi cama, mi ventana, mi mesa, mi cuarto, mis libretas, mi temperatura, mi barrio, mi calle, mi mirador, mis cuestas, mi mar; los veleros de lejos y mi gente de cerca. Me duermo.

Los siguientes días pasan rápido, pero parecen años. Hago lo que me entero que tengo que hacer: ir a la universidad para rellenar papeles y recoger otros papeles, ir a una oficina a hacerme una tarjeta para el transporte público, una tarjeta de estudiante Erasmus, una tarjeta de estudiante a secas, una tarjeta de ciudadana, una tarjeta de la biblioteca. Y me presento muchas veces en inglés a personas con cara de haberse paseado con la piel roja por las Ramblas algún verano de algún año.

Una de ellas se planta en mi piso y afirma haber alquilado el otro cuarto que hay. Es un tío polaco que se llama Konrad. Lo recibo contenta y lo llevo por las habitaciones.

—Por fin alguien con quien compartir esto —digo.

Comemos juntos y nos contamos por qué estamos ahí. Habla bastante, pero lo único que aprendo de él es que tiene una especie de novio viviendo en Riga y que ha venido a estudiar un máster en otra universidad. Después se hace una mochila para pasar la noche con el tío ese y, a través de la puerta abierta de su cuarto, me dice:

—Espero que no te importe estar sola.

Claro que no, le digo. Pero me apunto a planes que hay organizados para gente como yo y me alegro de coincidir con Enzo y los demás, con la chica del nombre impronunciable, con el español al que le gustan las mujeres altas y guapas. Me es útil que vayamos en grupo desde Bruņinieku y que volvamos en grupo hasta Bruņinieku porque yo no distingo las calles, ni los cruces, ni los cables del tranvía de una y otra avenida.

La tarde de mi cuarto día en Riga vamos a un *tour* gratuito que organizan los estudiantes locales. El tiempo resulta ser tan todo como anunciaban; tan frío, exagerado, norteño, romántico, repentino, doloroso. Me tapo con la ropa térmica, el jersey, los pantalones, el abrigo, el gorro, los guantes, la bufanda, la cara de estar pasándolo bien y a lo largo de la tarde tengo conversaciones sobre lo mismo en momentos distintos con personas distintas. Hablamos sobre lo que estudiamos, lo que hacemos ahí, por qué lo hacemos ahí —nos reímos como si nadie eligiera esa ciudad y ese clima por voluntad propia—, de dónde somos —si hemos estado o no en ese sitio—, de qué año somos, en qué calle vivimos, cuánto llevamos en Riga. Y luego, silencio.

Nuestras palabras se quedan en el aire durante unos segundos en la nube de vaho que nos rodea, como si valiera la pena mantenerlas con vida. Es en ese momento, mientras el vaho de las frases se convierte en el vaho del respirar, cuando decido si me gusta esa persona. Elijo entre tragarme el incómodo silencio o fingir tener algo mejor que hacer: normalmente, repetir el interrogatorio con otra persona. Es por eso por lo que encontrar la cara de Enzo entre personas de las que sé todavía menos me alegra.

Durante el recorrido conocemos juntos el monumento a la libertad letona, que sobrevivió a la ocupación soviética y luego a la nazi y luego a la soviética otra vez, y que da entrada a la ciudad vieja. Vemos la torre de la Svētā Pētera *baznīca*, que desde las alturas deja ver el enorme bloque de hielo en forma de río que busca el mar y la Riga antigua con sus edificios de ladrillo, sus estatuas de no sé qué material, sus calles estrechas llenas de colores, bares cálidos y esquinas frías. Y en todas ellas, más hielo. Más hielo entre las piedras del suelo, en los tejados, en las bocas de las tuberías y en mi pelo, justo donde termina el gorro.

El día se apaga y de noche, pasa la tarde. Los dedos de quienes no han traído guantes azulean; yo pierdo la movilidad en las manos al intentar usarlas y las ganas de seguir andando a cada paso, pero estoy contenta.

Lo estoy mientras nos tomamos una bebida caliente en una cafetería preciosa, cuando se encienden las bombillas amarillas que hay colgadas por las calles y, por supuesto, cuando me dicen, como si mi procedencia me incapacitara para estar tan al norte: «¿De Barcelona? Debes estar congelada», y yo contesto: «Sí, hace tipo veinte grados ahora mismo en Barcelona», aunque no sepa si es verdad.

A medida que visitamos, Enzo, la chica del nombre impronunciable y yo comentamos lo bonito que es todo, lo que nos ha gustado más, lo que se parece a nuestra ciudad y lo que no.

—*You look so happy* —dicen.

—Lo estoy. Pero no siento las piernas.

Y Zdenka contesta, con calma:

—Bueno, yo soy de Eslovaquia y tampoco lo aguanto.

El primer día de clase es el siguiente. Llegar me resulta más complicado que ir al supermercado, que ya es decir. Me planto en el centro con el tranvía que he cogido todas las veces que he salido de casa. Encuentro el bus que va a mi uni siguiendo a gente con mochila y cara de estudiar cosas hasta una marquesina donde paran muchas líneas.

Subo a un bus junto con hombres viejos y encorvados, cojos y heridos mientras los demás estudiantes se quedan en la parada, hablando entre sí. Me pregunto si me estaré equivocando, pero luego me convenzo de que deben ir a otra universidad. Dentro intento seguir con atención las paradas para no equivocarme, pero me distraigo con miradas ajenas que se multiplican con los minutos. Enseguida quedan atrás las vías del tren, el mercado central y un enorme edificio estalinista; nos alejamos del centro. Y a medida que dejo de reconocer lugares y va subiendo al bus más gente con aspecto de ir borracha, perdida, como si no supiera a dónde va, más me doy cuenta de que la única que no sabe a dónde va soy yo.

Los edificios se convierten de golpe en casas con algunas ventanas rotas, la madera podrida, el techo hundido. Aparecen entre ellas iglesias de colores vistosos con cúpulas coronadas con cruces partidas y, en sus puertas, gente con gorros y abrigos peludos.

Solo entonces leo en las paradas el nombre del barrio ruso. Me viene a la cabeza lo que me habían contado sobre esa zona: que no me adentrase, que evitase el mercado negro, que no diese las gracias en letón. Así, en unos metros, cambio de una Riga a otra, de una Europa a otra, de una década a otra. Y cuanto más adentro me meto, cuantas más calles caídas veo y menos paradas quedan para la mía, más segura estoy de haberme equivocado, menos parece que vaya a encontrar una facultad de la universidad ahí.

La encuentro. Después de diez minutos de dar vueltas queriéndome fundir con la nieve, la encuentro, delante de un espacio lleno de árboles blancos. Y la encuentro gris, plana, sin gracia: un edificio de tres plantas sin ningún tipo de ornamento que en nada se parece a la facultad grande del centro —antigua, romántica e histórica, flanqueada por dos enormes banderas granates y blancas, repleta de ventanales y frases en latín de esas que dan ganas de estudiar, situada junto a un precioso parque helado— a la que van todos los demás.

Las paredes de los pasillos son amarillas y hacen que el blanco de fuera sea más blanco. Además, en las aulas hay más estudiantes jóvenes y no hombres encorvados y eso me reconforta. Tenemos otra vez las mismas conversaciones de siempre —cómo te llamas, de dónde eres, de qué año— y digo las mismas frases —*like April but with a b*; Barcelona; *no, I haven't seen* «La casa de papel»; *96, you?*

Las ventanas de clase dan a los árboles hundidos bajo la nieve que tenemos delante. Me quedo en ellos mientras nos introducen las asignaturas, mientras nos advierten de que, si queremos filmar algo con trípode debemos tener en cuenta que el edificio está un poco torcido —cosas de la época soviética, dicen— y ahí sigo hasta que nos cuentan que ese barrio lo convirtieron en su momento en el gueto judío.

Nos cuentan que en las casas rotas donde se cuela el invierno vivían miles de familias arrancadas por todos lados y de todos lados. Y nos cuentan también que entre los árboles preciosos que vemos desde la ventana, esos por donde ya se me ha escapado la concentración de los próximos meses, por donde me imaginaba perdiendo el tiempo y el calor corporal, justo allí, fusilaron a algunas; a las demás, todas las demás, en los bosques que rodean la ciudad.

Entre clase y clase, los estudiantes internacionales nos arremolinamos y traficamos con información sobre la universidad, las aulas y los profesores. Estamos intentando entender qué asignaturas molan más y en cuáles hay que agobiarse menos cuando se une al círculo un tío que interrumpe por completo la conversación para hablar mirándome fijamente.

—Eres la única que ha dicho una ciudad y no un país.

Es un chico italiano de pelo muy negro y ojos muy claros. Los dos hemos estado en la misma clase: me he fijado en él porque lleva colgadas unas gafas de sol, aunque fuera esté nevando.

—*What?*

—Cuando hemos dicho de dónde veníamos, en clase. Todo el mundo ha dicho un país, pero tú, Barcelona.

—Oh —digo levantando las cejas—. Supongo que solo soy de Barcelona.

—¿Votaste en el referéndum?

El círculo de gente se resigna al nuevo tema y se vuelve hacia mí, esperando. Tengo que concentrarme mucho para quitarme los bosques con muertos de la cabeza y seguir hablando.

—Sí.

—¿Y qué votaste? ¿Que sí o que no?

Se me escapa una carcajada y un «tío», seguido de:

—*I don't even know your name.*

Entonces el tío saca media sonrisa, me tiende la mano y dice:

—Andrea. —Y de la nada, cambia al castellano y añade—: Ahora que sabes mi nombre, tía, ¿fue sí o no?

De vuelta, ando hasta la parada de autobús hablando con el tal Andrea de las primeras clases, de las primeras cosas que nos han pasado. Y cogemos el mismo bus hablando de nuestras ciudades, de que su castellano viene de pasar un verano currando en las Baleares, de qué isla es más bonita en las Baleares. Andamos las mismas calles hasta el tranvía debatiendo sobre si al saludar a alguien es mejor dar la mano o dos besos, o hacer ver que das dos besos, y luego nos decimos que *bye*, que *have a nice day*, antes de darnos cuenta de que también cogemos la misma línea.

Y aunque Andrea dice que es imposible que vivamos en el mismo sitio porque se acordaría de mí, ambos bajamos en Bērnu Pasaule, ambos doblamos la esquina de Bruņinieku y ambos nos metemos en el patio.

Cuando ya va hacia su zona, decido preguntar si me acompañaría a firmar el contrato del alquiler con los propietarios rusos, que no hablo ruso y que no quiero ir sola. Andrea se da la vuelta y, gesticulando tanto que parece que se imite a sí mismo, grita:

—Claro, mi ruso es *so fucking good*.

Ni Andrea ni yo hablamos una palabra de ruso, así que cuando al día siguiente nos juntamos en el patio, dedicamos un rato a buscar en Google cómo decir que no hablamos ni una palabra de ruso. Damos unas cuantas vueltas llamando a distintas puertas en busca de la oficina. Nadie contesta hasta que damos con una muy pequeña, justo en la parte del patio a donde da la ventana de mi baño.

Abre un señor muy mayor, muy serio y que dice palabras que suenan a ruso. Nosotros saludamos en inglés educadamente, sonriendo mucho. Entonces él sonríe también y me parece que nos vamos a entender, que no será tan complicado. Me equivoco; al entrar en su despacho lleno de muebles de colores oscuros y montañas de papeles huele a cerrado.

Andrea deja ir la frase que hemos aprendido enseguida. Y después de sacar las llaves, de probar a hablarle en inglés, en castellano, en catalán, en italiano y en inglés otra vez, después de repetir sus sonidos como si tuvieran algún significado para nosotros, aparece otra señora, que también sonríe y se ríe cuando repetimos nuestra frase de Google.

Terminan sacando dos contratos de una caja de cartón: son dos pares de hojas grapadas con un montón de palabras escritas en cirílico que el señor nos pasa.

—Podríamos estar aceptando tener un muerto en el armario —dice él cogiendo el suyo e inclinándose sobre la mesa para firmar.

—O que alguien nos mate a media noche.

—No seas tonta —contesta—. Si quieren matarnos lo pueden hacer a cualquier hora del día. —Y mirando al señor, añade—: *Is internet, water and everything included?*

Asiente. Le digo que si hubiese preguntado lo de la muerte a cualquier hora del día también le hubiese dicho que sí. Y Andrea se lo pregunta y el señor dice que sí.

—Ah, *perfetto* —susurra—. Todo incluido, entonces.

Después de muchas firmas, nos vuelven a hablar en ruso con la seguridad de quien se dirige a otro nativo y usando la misma frase tantas veces que al final la entiendo. Saco el dinero en efectivo que llevo en el bolsillo, Andrea me imita y la señora cuenta los billetes una y otra vez, una y otra vez.

Nos abren rápido la puerta al patio repitiendo «Спасибо, спасибо», a lo que yo cojo a Andrea y nos saco fuera, soltando:

—Gracias, Andrea, dicen que gracias. Lo hemos visto, ¿te acuerdas? *Thank you, sir.* Спасибо. Спасибо.

Y mientras volvemos a cruzar el patio levantando mucho los pies para andar a través de la nieve acumulada, no sé si es por el efecto invierno que vuelve bonito al enano, por la palabra que he conseguido entender o por las caras viejas de los propietarios, pero le digo a Andrea:

—En realidad son buena gente. Son dos ancianos y nosotros, dos imbéciles. Todo estereotipos, qué tontería.

Y él contesta mirando el suelo, muy pensativo:

—¿Por qué querrán solo efectivo?

Una tarde, al volver a casa, encuentro un sobre debajo de mi puerta. Me siento en mi silla y lo examino con mucha delicadeza, como si fuera un objeto frágil que se ha transportado de un universo a otro. En boli azul y con letra grande y temblorosa están escritos los números y palabras que forman mi dirección, mi código postal, mi nombre. Y encima de todo ello, a un lado, un estampado de Riga y un sello español. En la otra cara: Julia Mateo Mas, Barcelona.

Dentro encuentro una postal de mi ciudad y, detrás, muchas frases bonitas que me cuentan cómo está el tiempo por allí. «Está siendo un invierno lluvioso y variable», dice. Y frases que me desean que no pase frío en el norte. Y añade: «Tu madre me cuenta que estás bien, me alegro muchísimo, te lo mereces». Me llama preciosa dos veces, menciona que ella está muy acompañada en el hospital y termina con «Disfruta de tu gran oportunidad en el extranjero. Besos».

Mi gran oportunidad en el extranjero. Cuelgo la postal de la señora Julia en la pared. Dudo entre dejar visible la parte de Barcelona o sus palabras; al final opto por la segunda opción. Cuelgo más cosas que tengo lejos y algunas otras que tengo cerca. Bosques que no se acaban. Un cielo gris. Y unas estrellas, un mar. Muevo objetos de sitio y todo vuelve a estar en su lugar: la taza del café de antes en el suelo, el neceser en la mesa y las acuarelas manchando las sábanas. Ordeno el desorden a mi manera y hago la cama, arrincono la ropa en el brazo del sillón turbio, abro las ventanas porque la habitación huele a comida quemada. Y cuando tiene buen aspecto, cuando encuentro un plano en el que no se ve el montón de ropa, envío una foto a mis padres para que vean que he decorado, para que vean la postal de Julia.

Contestan al segundo, como siempre, y dicen: «Has colgado cosas, qué mono» y «La cama parece cómoda, ¿descansas?», «¿La calefacción da suficiente calor?». Yo digo: «Sí, sí, sí». Los llamo. Mi madre justo empieza la radioterapia; me cuentan que le han tatuado un montón de puntos finales por el pecho y que antes de eso estuvo con fiebre.

—Papá me cuida. Me cuido yo también —dice, pero con un hilo de voz que lo vuelve mentira.

—Ya lo sé, yo también me cuido —digo con el mismo tono.

—Cuéntanos algo para distraernos un poquito, dinos qué haces, qué comes. ¿Tienes compañero de piso?

—Casi.

—¿Y amigos?

Hablo de gente de la que no sé demasiado, de calles en las que me pierdo y de bares que no recuerdo, pero lo hago usando frases como «me lo conozco», «los conozco», «lo conozco todo». Describo la nieve que cae —no la pisada—, mi pelo congelado —no mi piel—, la universidad del centro —no la mía—. Y añado que en ese momento no nieva, por fin, que también está bien descansar de ello.

—Qué bonito, Abril, ¿estás contenta?

—Sí. ¿Tú cómo estás?

—Seguro que mejor, me estoy curando.

Luego uno y otro me hablan de cómo la luz entra por la ventana de nuestra cocina, del café que están tomando, del paseo que han dado antes. Me vienen con sus voces trocitos de casa, cómo se sientan en el sofá cuando hablan por teléfono y me pregunto en voz alta si mi madre estará dibujando mientras charlamos.

—No, no tengo muchas ganas. Solo te escucho.

—Seguro que estáis bien, ¿no?

—Sí.

Y, por si acaso, no pregunto más. Me guardo lo que me muerde al oírlos. El no estar cuando debería estar.

Le digo algo parecido a Àlex cuando respondo al teléfono de camino al centro, cruzando muchas manzanas a pie con los chicos de Bruṇinieku. Afirma:

—Ellos quieren que estés allí, quieren que te lo pases bien.

—Y si no me lo paso bien, ¿qué hago?

—Me llamas, si quieres.

—¿Y si no me apetece llamarte?

—No me llamas.

—Pero no quiero dejar de llamarte.

Ando con el grupo, pero intentando alejarme de Javi, el tío murciano al que le gustan las mujeres altas y guapas, porque es el único que podría entenderme. Le narro a Àlex cómo son los sitios que voy viendo y cómo son mis amigos mientras los recorren. Él me hace preguntas muy suyas, como «¿Las calles allí están ordenadas o se cruzan sin sentido?», aunque de repente suelta una de las mías:

—Si fueras una ciudad, ¿serías Barcelona o Riga?

Y yo contesto:

—¿Es que me echas de menos o te ríes de mí?

Y como los dos sabemos la respuesta, lo ignoro y digo que debería haber sacado nota para ir a París, o no sé. Una ciudad más cercana, menos distinta y fría.

—Pero París la has visto en todas partes. Riga solo está en Riga.

Llegamos a la estatua de la Libertad pasada medianoche. Pasamos a su lado pegando gritos y sorbos a las cervezas que nos han sobrado del *predrinking* en el piso de Enzo. En la Riga antigua recorremos tantos bares y calles como si fuera nuestra única noche en la ciudad. Y, mientras, el frío aumenta, pero la gente pierde jerséis y bufandas.

Termino yo también saliendo a tomar el aire en tirantes, con otra birra en las manos y otra conversación surrealista en la punta de la lengua, una que empiece con una pregunta tipo si le pedí permiso a mi padre para irme de Erasmus, comentarios que pongan en duda el sentido de la sanidad pública u otras tonterías como «¿Pero cuentas el catalán como un idioma?».

Por suerte, se me da mal aguantar a la gente que me cae mal, así que busco personas con ideas normales y hago amigas de lavabo, de puerta, de barra. Conozco letonas de mi edad que me hablan de su país, que confirman y desmienten nuestras impresiones y que dicen que ya veré cuando llegue el frío de verdad. Que voy a preferir los menos veinte grados constantes que los de enero, ese cambio intermitente que va de los menos cuatro a los menos diez. Y conozco bares nuevos y me reconozco al soltarme y no pensar demasiado y reconozco, incluso, en una pared aleatoria de un local aleatorio, una *estelada* colgada. Descubro que el dueño del bar estuvo de vacaciones en Barcelona y que volvió con la bandera en la maleta. Javi se disgusta y yo me río.

—Riga está solo en Riga, pero Barcelona está en todos los lugares a donde voy —le digo.

Voy de una cara a otra. Una francesa, una sueca, una italiana, una rusa, una que no sé de dónde es. Voy abandonando copas y capas de ropa por distintas zonas de la sala y perdiéndome un poco en cada una de ellas.

Me salen amigas por todas partes y ampollas en los pies de trotar tanto. Pero no paro, sigo y me olvido de la hora y siento, al principio un poquito y luego ya mucho, que estar lejos de casa, de mi zona y del resto de lo que conozco me hace ser más yo. Y que ser yo está bien. Que me llevará a algún lugar con sentido o que yo misma soy ese lugar con sentido.

Así que bailo con todo el mundo que quiere bailar, bebo con todo el mundo que quiere beber. Me dejo invitar, me dejo llevar. Y dejo que vaya pasando la noche y que pasen cosas, que Enzo me coja de la mano y se me pegue riendo. Dejo que Zdenka se vaya por ahí, que Enzo se quede en mí, que siga pegado a mis caderas y yo con los brazos en sus hombros cuando se pone a susurrarme al oído cosas sobre la noche y sobre mi cuerpo.

Al principio me confundo y le hablo.

—*What are you doing, Enzo?*

Enseguida pierdo la cara de mi amigo, el que conozco, y empujo al desconocido para alejarlo de mí. Pero luego me agarra y deja su cuerpo marcado en el mío. Me coge por cada centímetro por donde se me puede coger y habla más fuerte, persigue mi boca hasta rozarla con sus labios cortados y su aliento a resaca anticipada. Y, de alguna manera, cuando ya lo he insultado, cuando ya le he dicho que me deje en paz, cuando parece que es imposible acercarse más, todavía se acerca más y me tira hacia una pared con los pantalones manchados de cubata, las manos pringosas.

Me empuja hacia esa esquina de ese local mientras yo lo empujo a él hasta que no quiero dejar ni un segundo más que pase la noche ni que pasen más cosas. No quiero oír más, ni sentir más nada, ni que me toque nadie. Que no me toque nadie. Le clavo las uñas en el cuello y busco con ellas el centro de su cuerpo. Atravesar su piel y llegar al centro de Enzo, arañar el centro de Enzo. Me suelta.

Me desubico entre gente sin cara y me pierdo hasta el lavabo, donde un montón de chicas hablan en idiomas que no entiendo. Las miro intentando entender, o que me entiendan, pero como ninguna de las dos funciona me quedo en un rincón del espejo frotándome la boca tan fuerte que se me cortan los labios a mí también. Me encierro en un váter y me termino el diminuto espacio cien veces de un lado a otro; luego me paro.

En mi móvil, las cuatro y cuarenta y uno. Las voces de todas esas chicas de otros países se comen el lavabo; gritan mucho y muchas palabras. Me llevo los dedos a la boca, uno tras otro, y los muerdo. Primero el índice, luego el del medio, luego el otro y el otro, no sé, todos. Paro. Me rasco los brazos.

Intento quitarme la primera capa de piel para estar intacta, como si nadie me hubiese rozado siquiera. O mejor, quitarme la ropa, el cuerpo, desintegrarme y no estar. Aporreo la puerta del váter aunque no esté encerrada. Se abre y me descubre ante las chicas de fuera que, entonces, me miran a la vez.

Ardo hasta el centro de la discoteca. Busco a cualquiera de las personas que conozco, pero el local se las ha tragado a todas. Imagino que el alcohol y el suelo húmedo las ha corroído desde los zapatos hasta la cabeza. Que ya solo queda gente perdida en una versión de sí misma que desconocen, sonidos repetitivos, hombres en busca de alguien a quien empujar hasta la pared.

Recojo los trocitos de Abril que he ido perdiendo a lo largo de la fiesta y, sin decir adiós, me voy.

Los pitidos en los oídos y los mordiscos en la cara me recuerdan que estoy fuera. Ha empezado a nevar. Pido un taxi porque es barato, pero sobre todo porque mi móvil marca menos dieciocho grados con una sensación térmica de menos veintitrés. Es peor de lo que parece, debo recordarlo. Ando entre mis brazos hasta la estatua de la Libertad letona y me siento a mirarla a unos metros mientras espero a que llegue el coche y a que se me caiga por congelación la piel que Enzo ha tocado. Me arropo con el abrigo y veo cómo, a la luz amarilla de las farolas, la estatua vuelve a cubrirse poco a poco de blanco. Una mujer de granito, cobre y materiales de esos que levanta en el aire tres estrellas.

Tres estrellas que parecen desde abajo más altas, más difíciles de alcanzar. Un imposible conquistado, la capacidad de miles de personas de cambiar el futuro. Solo conozco lo que me han contado y solo soy una estudiante Erasmus que no sabe nada sobre nada, pero ver las estrellas tan arriba me hace pensar que lo que anhelamos no está cerca. Ni un futuro justo, ni un futuro tranquilo, ni un futuro. Y que está la historia, lo que venga, y luego están las bolsas de plástico que vuelan entre los árboles, el vaso que he usado y tirado esa noche, los amigos que se transforman en hombres de esquina sucia, las dudas que me comen y que son más grandes que ese país entero y estoy yo, con las manos pegadas a los bolsillos, demasiado cansada como para andar hasta mi cama. Voy llenándome de copos como la estatua mientras pienso, eso sí, que en dejarnos enterrar bajo el invierno sí nos parecemos.

Llega el coche. Me meto en el taxi y, cuando arrancamos, la estatua se hace pequeña y sus estrellas, su historia, el fin del mundo y, en general, las cosas que no quiero pensar vuelven a hacerse invisibles.

Descubro que Andrea comparte piso con el francés de la prisa del primer día porque sus ventanas dan a las mías y Jules vive sentado en la repisa fumando. Cada una de las veces que me ve —una por hora— levanta la mano y me grita un saludo. Entonces abro la ventana yo también para oírlo, dejo que el frío llene como humo blanco la cocina y dificulte ver durante un segundo y digo: «Aren't you cold?», para que él se encoja de hombros.

Andrea y yo mantenemos las ventanas cerradas. Mientras cocino, como, o simplemente existo recibo mensajes en WhatsApp, cosas tipo *«you look lonely* sin compañero de piso», y en todos los casos lo veo tirado en su habitación, mirando hacia mi piso, esperando a que reaccione. Reacciono y contesto: «Por lo menos *I don't look like a fucking* acosador».

Lo guay es que parece que no es un acosador, sino un tío normal con el que paso cada vez más tiempo. Por las mañanas vamos juntos a clase. Al principio porque nos encontramos en la parada del tranvía —nos lanzamos una coña el primer día, el segundo una palmada en la espalda, el tercero un abrazo— y más tarde ya porque nos escribimos. Quedamos en el patio. Sé cuándo ha llegado y que voy tarde porque me grita desde ahí y toda la comunidad lo oye y sé que toda la comunidad lo oye porque un día, mientras bajo, un tío en las escaleras me pide que no llegue más tarde o que le diga a mi amigo que se puto calle. Y me lo dice así: que se puto calle. Bueno, pero en inglés. Al salir por la puerta se lo cuento a Andrea y él se ríe.

—*Che palle*, pero a ti te caigo bien. —No contesto, espero a que siga hablando porque sé que lo va a hacer—. Va, un poco.

—Cada vez menos.

La verdad es que llegamos tarde a clase casi siempre, pero no pasa nada. Literalmente nada, porque nadie nos exige nada aparte de completar un martirio de papeleo para convalidar las clases e ir a las que nos gustan, que son las mismas.

Tampoco es que hagamos muchas. Estamos en algo sobre historia de Europa, en algo sobre cine documental y en algo sobre el arte en los países bálticos. Y en clases de letón: yo le digo que así entenderemos alguna cosa de toda esa cosa, en general.

Allí conocemos a más gente cada día y tenemos otra vez la cansina conversación de siempre, excepto cuando un tío me pregunta que a qué quiero dedicarme en el futuro.

—No sé, ¿piensas en eso ahora?

Y él, que tiene más años y consejos que yo, me llama niña y dice:

—Te vas a dar una hostia.

Esas primeras semanas Andrea no siempre me entiende cuando hablo, pero me da la razón en todos los casos. Y va repitiendo a quien hable castellano o algo parecido lo que me oye decir. Ay, vale, para, que no, a ver, no sé, coño ya, puta, joder.

Con él, con Jules y con las demás personas que viven de París para abajo empezamos a hablar una nueva variante del inglés. Una imprecisa en la que las palabras son inexactas e incorrectas y las frases, rebuscadas, llenas de expresiones, acentos y errores intercambiados que nos pasamos como un bostezo.

En Bruṇinieku, pongo caras a cada apartamento, me entiendo un poco con los propietarios gracias al eslovaco de Zdenka y aprendo a qué puertas no llamar cuando tengo problemas. Las pocas veces que Konrad aparece en el piso para coger más ropa, limpia un par de platos, o la mesa, o su cuarto. No sé si es para convencerme a mí o a sí mismo de que vive ahí.

—¿Por qué no te mudas con ese tío? —se me ocurre preguntar una tarde.

Pero él parece ofenderse un poco, dice:

—No estamos juntos juntos.

Minutos después, cuando se va, me pide que mienta si alguien pregunta por él. Que no mencione al novio, que diga que duerme en el piso, que vive conmigo.

—*Will you?*

—*Sure, don't worry* —digo tranquila, pero por algún motivo enseguida miento y añado—: No se me da bien mentir, por eso.

Con los días, el interior deja de ser tan interior y es un poco más fuera y más nieve. Quiero decir, lo frío que es el piso lo empieza a hacer hasta cierto punto acogedor. Las paredes verdes dejan de ser tan horribles y el polvo acumulado tan desagradable. Me siento en todas las sillas, no solo en la primera en la que me senté, y me siento sin caerme, sin estar en la punta y de muchas maneras. Se está bien.

Mi cama empieza a arroparme cuando compro un edredón caliente, unas sábanas nuevas, unas fundas para el cojín. Y huele a limpio, a nuevo, a calma y a cama; como debería oler, vaya. Así que descanso unos cuantos días y vuelvo a ser más yo, como bailando en el centro de la discoteca justo antes de Enzo. Y cuando me doy cuenta de que cuando mejor estoy es cuando estoy, cuando veo que con menos polvo alrededor tengo menos polvo dentro, adopto nuevos hábitos, rutinas, cosas de persona adulta funcional. Disfruto de mi gran oportunidad en el extranjero.

Sí, es como en la discoteca antes de Enzo. Justo antes. El momento antes de que el momento se vaya por el desagüe. Pero hasta entonces estoy por todas partes de mi piso, de mi escalera, de la ciudad congelada. Estoy, y me equivoco estando. Me equivoco porque se me olvida que soy un reflejo en la ventana, de esos que impiden ver fuera porque solo muestran lo que hay dentro. Pero mientras dura es bonito.

Es bonito cuando se me olvida.

Los bosques que nunca se acaban, el cielo gris, las estrellas y el mar de la pared me observan el día que me acuerdo. En el piso suena SOHN, o Apparat, o Pau Vallvé y canto, cocino, saludo a Andrea por la ventana, recojo, ordeno.

Mi padre me llama a última hora de la mañana. Yo me quejo sobre lo mucho que odio cocinar, recoger y ordenar mientras me tomo un café, y sobre cómo para seguir vivo hay que hacerlo una y otra vez sin descanso. Balbuceo que no hay pausa, que a veces decido dejar las tareas de lado y entonces me hundo en mi propia basura.

—Pero bueno, normalmente me cuido bastante —añado a continuación y vocalizando mucho.

Después meto el dedo en el fondo de la taza y chupo la espuma que se ha quedado acumulada. Una vez que he contado algunas anécdotas y alguna mentira, mi padre insiste mucho en que no me preocupe, pero dice:

—Tuvimos que ir al hospital de urgencia. Parecía que mamá estaba teniendo un derrame en la retina. Nos dijeron que podía pasar por la medicación.

Luego aclara que se trata de esas cosas terribles que casi pasan pero al final no, que sigue viendo bien, pero que hay que estar pendiente. Fijo la mirada en la poca leche que queda en el fondo de la taza, que se va tiñendo de oscuro con los restos de los granos de café.

—¿Cómo te das cuenta de que te está pasando eso?

—Parece ser que ves luces que no existen. Luces de colores, creo.

Dejo la taza entre los demás platos que debería lavar y a mi padre en altavoz encima de la mesa. Es entonces, cuando me alejo un poco del móvil, cuando le oigo decir que la señora Julia ha muerto.

—¿Cómo?

Me viene a la mente su postal y que no la he contestado a tiempo. La voz de mi padre sigue contando que mi madre se enteró de su muerte en el hospital y que desde entonces todo se le hace más pesado: la medicación, los trayectos hasta las salas blancas, los diferentes aparatos, las comidas del día, las salidas de la cama.

—Está cansada. —Y como si dudara de si seguir hablando o callarse, dice—: Mándale un mensaje bonito, anda.

—Sí —contesto. Nos quedamos callados. Después, esperando que mi padre sepa algo sobre cánceres y esas cosas, pregunto—: ¿Al final sabemos lo que tenía la señora Julia?

—Lo de tu madre, por todo el cuerpo.

—Mamá no lo tiene por todo el cuerpo.

—No.

—Entonces no está tan mal.

—No.

—Julia era mayor.

—Más que ella.

—La voy a llamar, ¿vale?

149

Sumo la culpa de la distancia a la culpa del desorden. Intento controlar lo controlable: aseguro la postal de la señora Julia en la pared, la aprieto muy fuerte presionándola con la palma de la mano para que no se suelte y se pierda por el suelo. Y aspiro el sofá turbio del cuarto, los muebles, los pies de la cama. Aspiro incluso detrás de las mesitas de noche, pero al retirarlas no encuentro solo polvo; también una araña grande y negra.

Olvido lo de ser funcional y se me rompe el cuarto entero, el piso entero, la comunidad entera. Sin pensar, aspiro, aspiro, la aspiro, espero. Las ventanas se cierran, mis sentidos crecen, el aire se extingue, el edificio me aplasta. Una araña del tamaño de mi pulgar me aplasta.

Llamo a Àlex y se lo cuento a trompicones. Me pide que me tranquilice. Que recuerde que no es racional, que solo lo que siento es real; lo demás, no. Por un momento sus palabras logran ser un pañuelo que limpia el vaho del cristal de la ventana, pero luego cuelgo y vuelvo a estar sola.

Llamo a Andrea porque necesito a alguien en cuatro dimensiones que compruebe que no se me caen las paredes encima. Sube al cabo de poco repitiendo que no entiende nada, que qué me pasa. Se lo cuento rápido, lo mando al aspirador.

—Míralo. Míralo todo, por favor. Búscala. Saca el aspirador y la bolsa que tiene dentro el aspirador. Sácalo todo. Y aléjalo de mí, por favor. Míralo todo, Andrea.

Y él lo mira, lo mira todo. Saca el aspirador, la bolsa que tiene dentro, lo saca todo y lo aleja de mí. Lo mira, pero dice, luego:

—No estoy seguro de que estuviera aquí dentro. *Maybe* se ha escapado y está por la habitación.

Repito:

—Míralo, Andrea. Andrea, por favor, míralo. Míralo todo. Toda la habitación. Por favor, no lo entiendes. Si no, no podré vivir aquí.

Desordena el orden que yo había impuesto, mueve todo de sitio, lo mira todo para que yo pueda vivir ahí. Y de vez en cuando me mira a mí, que estoy en el umbral de la puerta mordiéndome las puntas de los dedos. Me pregunta: «Pero ¿aquí también?». Y yo siempre digo: «Sí, sí, por favor, sí». Le hago agacharse, le hago meter la cabeza en huecos, pasar la mano por distintos lugares.

—Abril, si está aquí, está escondida, no veo nada.

—Pero no me digas eso, por favor.

—¿El qué?

—Que está aquí.

—Abril, no sé dónde está. *It's not so important, honestly*.

Le pregunto a Andrea un montón de cosas. Cosas que no tiene por qué saber, como si habrá estado ahí muchos días, si habrá más. Y él contesta algunas. Dice que su casa de Italia está en el campo, me cuenta que allí hay arañas muy grandes. Y lo dice con la palabra italiana: *ragno*. Gesticula con las manos para enseñarme el tamaño y yo le pido que no me lo cuente, pero él me lo sigue contando. Dice que se meten en todas partes. Dice que las ve a media noche. Dice que a veces las encuentra en su cama, que son feas, que le dan miedo. Y las saca, aun así.

—¿Qué iba a hacer, si no?

—Lo mío no es miedo —susurro mientras él coge la chaqueta y abre la puerta del piso.

Por un momento pienso en agarrarlo y pedirle que se quede. O en irme con él. Pienso en estar en cualquier otro lugar donde no haya peligro, cualquier lugar donde no estar sola. Sin embargo, como sé que no tiene sentido, como sé que ya he tirado demasiado de él y que es raro decir algo de ello en voz alta, no digo nada.

Andrea se va sin cerrar la puerta y se lleva con él la tranquilidad que había ganado. Conmigo, en el piso, se quedan las historias de las arañas gigantes de los campos italianos. Se queda el no entender, el ridículo; lo que sea que Andrea haya pensado. Si no tuviera dentro este pánico itinerante, si mi cabeza no decidiese por mí, si no fuese un reflejo, no parecería tan estúpida. Y me digo que lo he arruinado.

Aterrorizada de las paredes, las esquinas y mi cuarto, vuelvo a sentarme en la punta de la silla de madera de la cocina; muy en el aire, muy casi sin sentarme. Me hago una bola y, por tonta, me clavo las uñas en la piel de los brazos, las rodillas, las piernas. Y lo hago tan dentro, tan dentro y tan sin dejarlo que después de mucho rato, después de mucho mucho rato, me escuece tanto el cuerpo que paro de pensar un poco.

La ropa me duele. Los térmicos están pegados a mi piel, muy cerca de mi interior, y eso me pica, me molesta. Es difícil ignorarlo y todavía más escuchar lo que Zdenka me está contando. Está hablando del lugar donde vive, de que está cansada de que la gente se crea que es de Bratislava. Y dice muy indignada que Eslovaquia es más que la capital, que su ciudad es muy bonita, que la gente debería saber que existe. Yo asiento con la cabeza y sonrío, aunque me pierda parte de las frases.

Estamos delante del mar. O encima de él. No lo tengo muy claro porque es todo blanco desde el bosque hasta el horizonte. Nunca había visto una playa así antes, ni siquiera había pensado que podía haber una playa así. Las olas están congeladas en una postura del pasado, como las personas atrapadas por la lava en Pompeya o como yo en ese portal, esa madrugada. Y están escondidas bajo la nieve. Solo asoman algunas, orgullosas, en forma de hielo salado que sube hacia el cielo.

Mientras Zdenka me habla yo tengo la mirada puesta en el fondo, donde se ve la parte del Báltico que resiste al frío gracias a la profundidad: allí sí hay olas del presente y hay mar del que conozco, el calmado, tranquilo y constante. El mar que, a cuantos más metros está del suelo, mejor aguanta. Un mar que cede al invierno solo en la superficie.

Cedo yo también la superficie solo; me duele la piel, la ropa.

—¿Me estás escuchando? —insiste ella—. Deberías venir a verme allí.

—¿Hace tanto frío como aquí?

—A veces.

—Entonces no sé. —Me río algo y se ríe conmigo.

Paseamos por las olas congeladas durante mucho rato, tanto que a Zdenka termina doliéndole la piel también. Nos quedamos un poco más gracias a mis insistencias, que se resisten a abandonar ese lugar y, sobre todo, a volver. Así que recorremos la playa entera. Me roza el pantalón con la piel hinchada, las mangas del jersey con la piel hinchada, la tela de los guantes con la piel hinchada. Escuece cada paso y aun así andamos, andamos. Seguimos andando.

Y después de dar tantas vueltas, Zdenka me hace seguirla y adentrarnos en el bosque buscando la estación de tren. Nos metemos por caminos blancos y estrechos. Parpadeo poco para no perderme ningún detalle de mi alrededor: árboles y casas con jardín tan cubiertos de nieve que se fusionan unos con otros. También parpadeo poco porque a cada segundo que cierro los ojos, a cada metro que me alejo del mar, más cerca me siento de mi cuarto, del día anterior.

—¿Seguro que te quieres ir? —suelto.

Y como Zdenka contesta que nos congelaremos si nos quedamos más, dejo el inglés y añado en castellano:

—¿Y si prefiero eso?

—*What?*

—*Nothing.*

Según Google Maps, la vía del tren está situada justo delante de un río, pero sigo viendo solo blanco hasta donde alcanza la vista. Zdenka y yo esperamos muy juntas en el andén mientras se apaga el poco día que había. Una bruma lo esconde todo en su velo: detrás del bosque que nos ha traído aquí ya no hay nada. El mar ha desaparecido y su calma, también.

En la ausencia de trenes hay un vacío en el que se oye el silencio de la gente de la estación, el silencio de los animales de los bosques, el silencio de la nieve. Yo lleno inevitablemente ese espacio con las palabras de Andrea. *Ragno. Ragno. Ragno.*

—*It's coming.* —La voz de Zdenka.

La silueta de un tren aparece gris en el horizonte, silbando. En cuanto se acerca lo suficiente, puedo leer en él «Rīga» escrito en la pantallita del morro, con letras amarillas. Las personas que esperaban suben a los vagones con pasos lentos y acompasados y, en bastantes casos, cojeando, igual que en el barrio de la universidad. Me pregunto si tendrá algo que ver el salto que hay que dar entre andén y tren.

Una vez que arranca, el paisaje se mueve de izquierda a derecha y me deja atrapada en un lugar impreciso. El frío que ha entrado con nosotras en el vagón se convierte en aire respirado y cálido, en olor a nieve deshecha. Cuanto más avanzamos, más se balancea el exterior, y cuanto más se balancea, más lejos estoy de Zdenka, del tren, de mí. Ella me habla mientras yo sudo debajo del abrigo. Y me mira sin darse cuenta de que me mareo, de que me da la sensación de que el vagón me empuja hacia delante y hacia atrás sin sentido —a veces más rápido, otras más lento—, de que me va a explotar el estómago y va a salpicar a toda esa gente coja y abrigada, de que va a nevar hasta romperse el techo y aplastarnos.

Procuro que no se me doble el cuerpo, que no se me note. No desmayarme, no vomitar mis entrañas; imagino que termino desintegrada en ese tren. La boca de ella sigue moviéndose y pronuncia palabras que van destinadas a mí. Me siento mal por las palabras y miro a Zdenka cada tantas, cuando puedo, para que ella siga hablando.

—¿Estás bien? —me dice en un momento.

—Sí, solo mareada.

Y, esperando recorrer las paradas fantasmas donde casi nadie baja, intento centrarme en los bosques de fusilados que pasan por la ventana, los ríos y los campos, que son todos iguales porque todos se esconden.

Me prometo no volver a coger un tren.

Decido que tener un insecticida que asuste a las arañas me ayudará a estar menos asustada. Me ayudará a estar sola. Leo sobre productos que no conozco, siempre con la mano tapando parte del móvil por si salen fotos de lo que no quiero ver. Separo lentamente los dedos y miro solo trocitos de la pantalla, palabra a palabra, frase a frase. Recorro muchos supermercados sin música para comprarlo y lo hago acelerada, con mucha prisa, como si fueran a cerrar las tiendas en cualquier momento.

En una ocasión me cruzo con Enzo y unos amigos suyos. Intento hacer como con las fotos de arañas y mirar solo a trozos; cuando me llaman para saludarme paso de largo, aunque oigo que gritan preguntando para qué llevo esas cosas encima.

Cada vez que me acerco a la comunidad se vuelve más fuerte la gravedad, se multiplica la velocidad a la que muevo los ojos y a la que pienso. Me fijo en cada escalón, en cada esquina de cada rellano y veo suciedad, bichos, telarañas; en el piso, intento no fijarme en nada por si observar las cosas las vuelve peores.

Durante esos días se ensanchan las habitaciones y vuelven estar más dejadas, más como cuando llegué. Mis pensamientos se persiguen de estancia a estancia: como el espacio entre pared y pared crece, se prolonga el recorrido. Llenan el pasillo, el baño, la cocina y el cuarto de la sensación de que hay un peligro que no veo, algo que me hará daño cuando menos lo espere.

Con la intención de cambiarlo, ocupo cuartos vacíos con voces conocidas y tiempo muerto con conversaciones. Mis amigas hablando entre ellas en las videollamadas son como una tertulia en la tele, de esas que reconforta escuchar de fondo porque recuerdan que existe más gente, en alguna otra parte.

Cuando vuelve el silencio, multiplico la incomodidad multiplicando palabras: de *araña* a *aranya* y luego a *spider*, a *araignée*, a *ragno* y a, en mi última clase de letón, *zirneklis*. Una noche que no puedo dormir abro los ojos y veo otra enfrente de mí, a unos centímetros.

Andrea me deja dormir en su cama. Me meto enseguida porque traigo el frío de fuera, de mi piso. Le pido perdón muchas veces, hasta que me pide que le deje de pedir perdón. Me acerco a él para tener un poco de su calor corporal y pasamos el rato así, juntos pero separados.

Solo vuelvo a hablar para preguntarle en un susurro:

—Andrea, está todo bien, ¿no?

—*Cosa?* —contesta medio dormido.

—Que si todo está bien. No pasa nada, ¿no?

—*Ma* ¿en qué sentido?

—En general.

—Sí, claro. Duérmete —dice dándose la vuelta—. Está todo bien.

Me repito esas tres palabras hasta que me canso tan profundamente que me quedo dormida. Cuando al día siguiente me pregunta si todo ese *show* es por lo de las arañas le digo que no, que no soy tonta.

Vuelvo a mi piso vacío cuando es imprescindible y lo hago con un temblor en las manos. Àlex se da cuenta en las video-llamadas. Me pregunta si tomo demasiado café, té, si tomo el aire demasiado rato, demasiado desabrigada, si me falta vitamina D o compañía o si paso frío, si me pasa algo.

Dejo el móvil con su cara apoyado en la mesa de la cocina y me veo pequeñita en la pantalla de abajo, plantada en medio de la sala abrazándome los brazos.

—Paso demasiado tiempo dentro, quizá.

—Ya mejorará el tiempo, ya saldrás.

Le hago preguntas sobre su día a día. Él me cuenta cosas de casa como si no fueran relevantes y yo escucho con atención. Después nos quedamos mucho rato en silencio mientras él hace lo suyo y yo, nada. Observo cómo se mueve tranquilo por su cuarto, cómo se concentra y elimina el mundo. Cuando sin querer hago algún ruido se asusta un poco, casi como si hubiera olvidado que todavía estaba en una llamada conmigo.

Poco a poco, mejoro en disimular ante los demás y ante mí misma. Hago lo que tengo que hacer, pero lo más rápido que puedo: como un trozo de pan en vez de cocinar y me ducho con agua helada por no esperar a que se caliente.

Cuando Zdenka me invita a una fiesta en su piso, que es todavía más raro y feo que el mío, me visto con lo que queda limpio en el armario. Me presento allí la primera, mucho antes de la hora acordada, pero lo hago diciendo que el frío me está cambiando la personalidad, que estar lejos me está haciendo olvidar mis raíces o que pasar tanto tiempo con ella me está volviendo más europea.

Nos tomamos una birra eslovaca en la cocina. Y es eslovaca porque Zdenka se saca productos de su país de la chistera con una frecuencia inaudita —me cuenta que los trajo por si hacía amigas, por si quería compartir un trocito de casa con ellas—. Después de transmitirle mi admiración por su capacidad de anticiparse, debatimos sobre temas de actualidad, como si la gente que trabaja en redes podría salvar el mundo si quisiera, si realmente seríamos felices si alcanzáramos un supuesto éxito laboral, o si la monarquía es un anacronismo únicamente ridículo o también entretenido desde un punto de vista televisivo, y nos tomamos otra mirando fotos antiguas de cada una de nosotras y contándonos partes de nuestra vida.

Pero luego voy al baño, un cuarto con tan solo un retrete donde una telaraña enorme se ha comido el techo y la mitad del espacio. Vuelvo a la cocina y se lo digo a Zdenka.

—Ah, ¿sí? —se limita a decir, dándole un sorbo a la cerveza—. No me había dado cuenta.

Ni siquiera se levanta del taburete. Me obligo a volver al baño, fingiendo que no pasa nada, que lo decía por decir. Me pongo a respirar tan fuerte que podría terminarme el oxígeno del cuarto en un minuto. Consigo mear encogida y así un poco de lado, tipo cuando me siento en la silla a punto de caerme. Pienso que como me tome muchas más birras ya no podré hacer tanto equilibrio; pienso también que como me tome muchas más birras igual se me olvidará que un cuartito de baño me hace llorar.

Cuando empieza a llegar la gente me estoy tomando la tercera. Aparecen personas de la comunidad, las mismas que están en todas las discotecas, en todos los pisos, en todas partes. Nos saludamos con abrazos si son de confianza, con palmadas en la espalda si son conocidos, con dos o tres besos si son del sur.

Durante la cuarta cerveza, lo que hasta hace poco estaba lleno de nuestras conversaciones pronto se llena de gente que grita, gente que bebe y gente que canturrea cosas. Me voy encontrando a más y más caras conocidas y mejor o peor según el momento.

Con la quinta, cuando ya estoy escribiendo paridas con un pintalabios en el espejo del recibidor del piso porque a la alemana de la primera noche y a mí nos ha parecido una idea decente, alguien me pone la mano en la espalda. Y es Enzo.

Sigo a lo mío. Elke, en cambio, se pone a hablar con él y le cuenta nuestra movida del espejo, y mientras ella pone mucha ilusión en que a él le importe lo que le está diciendo, Enzo intenta meterme a mí en la conversación: «¿qué estás escribiendo, Abril?», «¿vienes al viaje a Estonia que estamos organizando, Abril?», «¿cuántas te has tomado, Abril?». Entre el espejo y la pared, contesto entre poco y nada.

Cuando a ella la rapta una amiga suya para bailar, él me coge del brazo y me lleva al centro del salón; intento soltarme y no lo consigo. Una vez allí, entre olor a licores de muchos países, me encuentro con los ojos de Andrea, que está bailando con la chica del apartamento once. Él levanta ligeramente la cabeza, interrogante. Como respuesta a su mirada y a las mierdas que me sigue susurrando Enzo al lado del cuello, acercando los labios a mi piel, lo aparto.

—¿No ves que no quiero bailar contigo? —creo que digo.

—*Dai*, Abril. No te me pongas difícil —contesta sonriendo.

Me pongo a hablarle en catalán porque decido que el inglés es demasiado complicado y él se pasa al italiano también. Sigo soltando frases y empujándolo con cada una mientras él me va interrumpiendo.

—*Che cazzo dici?* —dice.

Me explico sin muchas ganas, mezclando insultos y catalán, inglés y un italiano inventado, repitiendo una y otra vez que no me toque, que no me hable, que lo único que quiero de él es que desaparezca de mi vista. Me interrumpe:

—*I don't know what you just said, but you sound so sexy when you're speaking Spanish.*

—*That was not Spanish* —digo con el mismo tono que usó la mujer del súper el primer día, y como si mi boca no fuera mía y no pudiese callarme, cambio de idioma y sigo—: Pero si quieres te lo digo en *Spanish* también, ¿eh?

No soy consciente de que estoy gritando hasta que dejo de gritar. Ya no solo me mira Andrea, sino media sala. Cuando se me acaban las palabras y me pongo a andar hacia la cocina, oigo que él me llama loca, puta y bla, bla, bla. Sigo andando como si no entendiese inglés.

A medida que pasa la noche el baño se vuelve más asqueroso y menos terrorífico. Se me va olvidando todo y me hago la Zdenka, sin darme cuenta de nada. Y mientras pruebo a no darme cuenta de que los amigos de Enzo me lanzan miradas, pruebo un licor rumano y uno italiano. Brindamos también con el letón, el Balzams, y por más noches así. Yo brindo por más momentos en los que se me olvide el miedo y lo que viene con él. Me abrazo a Zdenka, a Andrea, a otras personas con las que me llevo, pero no tanto como para abrazarlas.

Al final de la noche he bebido tanto que siento que hablo mucho mejor inglés. Me instalo en un rincón del salón observando el panorama que se ha montado. Los compañeros de piso de Zdenka han decidido organizar una competición por el salón. Hay una prueba de salto de cama —han arrastrado colchones hasta allí—, carreras de obstáculos —han tirado sillas y mesitas por el medio— y tiro con jersey elástico —se atacan entre sí con bolas de papel y otros restos de basura—, aparte de una cosa sin sentido en la que se lanzan objetos de un edificio de la comunidad a otro, intentando que no caigan en el patio. Yo me dedico a mirar y juzgar en silencio con la cabeza apoyada en los brazos.

Aunque parezca la persona más aburrida de la sala, se me acerca Jules, el compañero de piso de Andrea.

—¿Por qué estás aquí sola?

—Aquí hay un montón de gente.

—Pero no estás hablando con nadie.

—Estoy hablando contigo.

Se sienta a mi lado y mueve el culo de sitio hasta tres veces, buscando una posición en la que esté cómodo o no sé por qué.

—Ah, ¿te quedas? —le pregunto—. ¿Ya no tienes prisa?

Se hace el sorprendido como si de repente cayera en la cuenta de que soy imbécil, pero al final choca su bebida con la mía para hacerlas brindar y me sonríe. Me cuenta con prisa el motivo de la prisa el día que llegué y luego suelta:

—*So, Andrea.*

—*What's up with him?*

—Sabes que todo el mundo piensa que tenéis algo, ¿no?

—¿Algo tipo?

Y repite, haciendo chocar entre sí los dedos índices:

—Algo.

—Ah —contesto buscando a Andrea con la mirada; hay tanta gente que no tengo ni idea de dónde está—. *Well, that's stupid.*

—*Well, I know* —dice él, siguiendo con la mirada los movimientos de la gente que hace carreras por el salón—. Pero le pides si podéis dormir juntos.

Aburrida, dejo la cerveza en el suelo mientras suspiro y me río. Le cuento con pocas ganas que lo que me interesa no es dormir con él. Es no dormir conmigo.

Entonces un estruendo en el recibidor nos hace pegar un salto y me evita seguir con la conversación. Es la policía, que irrumpe en la fiesta pegando unos gritos tan fuertes y molestos que hacen que el volumen de nuestra música sea ridículo, que la gente que está bailando pegando saltos sea ridícula, que las camas arrastradas y abandonadas a su suerte en el salón sean ridículas y que incluso la policía misma, abriéndose paso entre mis amigos a empujones, sea ridícula también.

Llego a mi piso riéndome y refunfuñando a la vez. Me dejo morir en la cama y duermo de un tirón por primera vez en muchos días. Por la mañana, me despierta el olor a insecticida de mi cuarto. Me encuentro tan mal que me siento intoxicada; ventilo desde la cocina abriendo las puertas y cerrando los ojos. Intento que con el olor se vaya la inquietud del qué pasará, la piel arañada y las piernas doloridas, y que vuelvan el sueño perdido, la paciencia inexistente, la regla pausada hace semanas.

Al salir de la uni nieva muchísimo. Paso el resto del día hablando con Barcelona. Me siento en una cafetería hecha de cristal y madera que está rodeada del parque y el canal helado que cruzan el centro de la ciudad, y escucho a la gente que es casa. Nora me repite lo que ya me ha contado Àlex, que un trocito de Riga se ha colado en el Mediterráneo porque ha nevado. Me habla de ello fascinada y me manda fotos de la playa de Sant Sebastià con algo de nieve, del Gòtic con algo de nieve, del Tibidabo con algo de nieve. Dice que hace mucho frío, mucho mucho frío.

—Ja m'ho imagino —contesto con la mirada fija al otro lado de la ventana.

También me habla de la vida de mis amigos como si fueran tramas dejadas de lado en un guion. Emma ha empezado en un curro, Èric se va a trabajar fuera dentro de un tiempo, ella no sabe qué quiere hacer. Yo le cuento lo de que no me viene la regla desde hace semanas y se altera, me pregunta si me he hecho un test.

—Un test de què? D'abstinència?

A medida que pasa la conversación, la tormenta empeora y aminora: con la nieve, dejo de distinguir formas y movimientos. En el teléfono, Nora me pregunta cómo es Riga, así que describo el ancho Daugava abriéndose paso hasta el mar, el modernismo en algunos edificios y la madera en otros, el barrio viejo, el barrio donde estudio, el mercado central y las personas que se pasean por él con miradas más frías que la ciudad en sí. Le aseguro que es distinta, que hay que verla para entenderla.

—I al pis, com estàs?

Mientras la camarera limpia la mesa y se lleva mi taza vacía, me vienen a la cabeza la distancia entre las paredes, la silla en la que no sé sentarme, la butaca mugrienta donde dejo la ropa sucia, las esquinas y los calefactores con telarañas. Le digo que intentaré buscar otro alquiler, quizá. Ella me hace muchas preguntas para encontrar la causa: si hace frío, si hay ruido, si es feo. A todo contesto que sí, pero luego: «No és això, no sé com dir-t'ho».

Más tarde, cuando ya estamos alargando la conversación por alargar, de repente Nora dice que tiene que contarme una cosa, aunque no sabe si debería contármela ella.

—Què ha passat?

El padre de Laila ha tenido un ictus. Así, de repente. Aclara que me lo cuenta porque Laila no quiere contarlo, ni pensarlo, ni pensar en contarlo. Pienso yo entonces en cómo de lejos estoy si las noticias tardan tantas horas en llegarme, si me llegan de casualidad. Pienso también en Laila sola y en mi madre sola y en Julia muerta y sola. Pienso en más noticias repentinas. Me clavo el móvil en la oreja y nos quedamos en un silencio que solo mi ignorancia rompe.

—Què era un ictus? —pregunto.

Una cosa muy chunga de la cabeza que te mata o te deja fatal, si no lo pillas a tiempo. Nora me cuenta poco más. Solo sabe que parece que se recuperará, pero que ha sido horrible. Y que recuerde que Laila no tiene relación con su madre, que cómo la podríamos ayudar si le pasara algo a su padre. Planteo dudas y teorías, pero no obtengo respuesta a casi ninguna.

Luego entra en un bucle de lamentación al que me arrastra y, al cabo del rato, cuando ya no sé cómo salir de él, cuando me ha convencido de que nada es estable ni previsible, añade que tenemos que estar preparadas. Que nunca sabes cuándo va a pasar algo así. Mañana mismo podría romperse todo, dice.

Después de mandarle un largo mensaje a Laila vuelvo a casa corriendo, como si llegando antes pudiera evitar una desgracia. De camino, me asustan los tranvías al pasar chirriando, un hombre que me empuja al cruzarse conmigo, la nieve acumulándose como polvo en las esquinas.

En Bruņinieku me recibe un piso pequeño que se ha hecho mayor. Un piso al que ya no le cabe el papel pintado y por eso lo arranca, un piso hinchado, deformado, desbordado de su propio molde. Un intento de hogar al que he contagiado la imaginación perversa.

Me sirvo una cerveza y me siento en la silla de siempre con el culo medio en el aire, como siempre. Y como parece que la buhardilla del edificio tiembla cansada de las nevadas de otros días y que tiembla el suelo cansado de las fiestas de otros días, como van a reventar pronto, sea dentro de unos años o mañana, me termino la birra casi de un sorbo.

Voy a buscar el ordenador y, de pie, cansada de mi propia ausencia y fingiendo que soy la Abril del junio pasado, me invento cambios: entro en Google y compro un billete de avión.

El Àlex entrecortado de la pantalla suelta que me tiene preparada una sorpresa al verme con cara triste. Cuatro frases interrumpidas por sus píxeles después, la sorpresa resulta ser que vendrá a verme. Insisto en que no hace falta, pero no entiendo su respuesta porque las frases se cortan constantemente.

—Vuelvo, Àlex.

Reconectando. Espero a que su imagen vuelva a aparecer mientras me rasco las uñas.

—¿Abril?

—Hola. ¿Me oyes?

—Sí, *ara sí*. ¿Qué decías?

—Que vuelvo.

Conexión débil. Su voz suena de nuevo:

—¿Que vuelves a dónde?

—A casa, Àlex.

Me quedo sola, con una imagen de Àlex tan congelada como las calles, cuelgo. Cruzo el patio fuera de mí, como si mi cuerpo fuera un Sims controlado por otra persona. Entro en el edificio de Andrea, subo un piso tras otro y pico muchas veces a su puerta; desde el otro lado le oigo preguntar quién es.

—Andrea, *it's me*. Abre.

Y él abre, sin ropa, con una toalla alrededor de la cintura.

—Perdona, *I was going to have a shower*. ¿Qué pasa?

Sin contestar, lo abrazo fuerte.

—Me voy, lo siento.

—¿Cómo?

—Me voy.

—Pero ¿a dónde, Abril? *Che cazzo?*

—Me voy a Barcelona.

—¿Por qué dices eso?

—Porque es verdad.

Y mientras me clava los ojos intentando leerme, bajo la mirada para que no lo consiga y la poso en sus brazos. Me doy cuenta de que es la primera vez que se los veo sin ropa. Y de que los tiene llenos de cicatrices.

—Abril. Esto —dice poniéndome el dedo en la frente— te pasará aquí, en Barcelona y en todos los rincones del mundo.

PRIMAVERA

Estar fuera debería ser tan simple como transportar el cuerpo a otro lugar. Meterse en un espacio móvil que vaya hacia el sitio al que se quiere llegar y esperar a que se llegue. Asomar la cabeza cuando termina el trayecto, aparecer lejos. Estar fuera, al fin. Los primeros días sin invierno son un poco así, de estar en un lugar y de repente en otro. De estar fuera de mí, dentro de todo, y dentro de Letonia, todavía.

Decidí quedarme porque es verdad lo que Andrea decía, que es imposible dejarse atrás a una misma, y porque Letonia resulta ser otra cuando tiene la oportunidad de renacer. Y empieza a hacerlo justo el 21 de marzo, como si la ciudad cediese al calendario su manera de gestionar el clima.

Aun así, indecisa, se deja nevar hasta abril. Ese día de primavera la ciudad queda oculta bajo unos copos gigantes que encapotan el cielo y después, el suelo. La temperatura desciende, otra vez y de golpe, y nos pilla ya vestidos con abrigos tipo sur, de los que son bonitos pero de mentira. Esa tarde todo el mundo corre de una punta a otra abrazándose el cuerpo, chapoteando con la nieve deshecha acumulada en las bambas al entrar en cualquier interior.

—Esta es la última vez que vemos Riga tal y como la conocemos —le digo a Andrea.

Así que arrastramos a Zdenka hasta el centro y subimos juntos a la torre de la Svētā Pētera *baznīca* para ver la última conquista del invierno. Luego andamos hasta el eterno puente que divide en dos la ciudad, uniendo una y otra orilla del Daugava, y nos quedamos parados justo allí donde el viento que viene del mar Báltico golpea. Giramos la cabeza hacia ambos lados —el lado del casco viejo, Bruninieku y la universidad; y el otro, el del barrio donde ponen mercadillos, la playa, el aeropuerto—. Vemos cómo fluye el agua por primera vez desde que llegamos.

—Parece mentira que esto estuviera helado —dice Zdenka asomada a la barandilla del puente.

Los canales de la ciudad tardan más en descongelarse. Los últimos días el hielo cambia de color y aparecen pisadas intrépidas que van de un lado al otro de la orilla junto a caras sonrientes dibujadas con guantes. Pero poco a poco se agrietan igual que las calles, los árboles y los tejados, que pierden la nieve hasta quedarse desnudos; la ciudad, en general, se queda marrón, seca y sosa.

Me atrevo a andar por el hielo solo una vez, en el parque más grande de Riga. Cruzamos caminos de tierra bajo árboles tristes hasta dar con un enorme lago, una parte del cual vive congelada en enero y otra deshecha en abril. Zane, una amiga letona de Andrea, nos lleva al lado de una plataforma que se adentra en el agua, en la parte de enero. Zdenka es la primera que se pone a andar sobre el hielo y me anima a seguirla; la sigo. Al ver que Zane se queda en la orilla y cuando ya estoy muy adentrada, grito:

—¿Es seguro esto?

Y ella, riendo, suelta:

—Sinceramente, no lo creo.

El hielo podría partirse en cualquier momento, dice. De puntillas y en silencio, como si el suelo pudiera oírme y decidir abrirse para dejarme caer, ando hasta tierra. Prefiero la parte de abril, pues.

Por ese entonces, Àlex llega a Riga para pasar un fin de semana. Lo recojo en el aeropuerto y me quedo abrazada a él tantos segundos seguidos que alguien podría haber aprovechado para robarle el equipaje entero. Desde el autobús, cruzando el Daugava, le señalo todos los monumentos importantes, todos los lugares donde he estado contenta o triste o perdida. Se enamora de la ciudad por la ventana y nos reímos repitiendo que así, soleada, se parece un poco más a nuestra Barcelona.

Durante unas horas, las cosas de Àlex y sus costumbres invaden mi piso y lo vuelven otro. Trae un altavoz grande en el que nuestra música suena muy alta —me acuerdo de que yo solía poner la música muy alta— y la manía de sentarse en cualquier sitio —mesas, encimeras, lavadora, secadora, bañera; me acuerdo de que yo también solía sentarme en cualquier sitio.

Entusiasmado, me hace muchas preguntas sobre muchas cosas. A qué sitios suelo ir, a qué parques, qué bares, qué calles, qué barrios. Dónde está mi universidad, cuál es el tranvía que cojo cada día, qué vecinos me gustan más y qué vecinos me gustan menos. Y si me alimento solo de las cuatro mierdas que tengo en la nevera —contesto que sí—, si me ha venido la regla o si todavía no —contesto que no—. Me pide que lo lleve a todas partes, que le presente a todo el mundo, que pida en letón en los bares.

Así que yo lo llevo a todas partes, pido nuestra comanda en un intento bastante ridículo de letón, le presento a todo el mundo con quien nos cruzamos. Termina conociendo a mis amigos e incluso al propietario de los pisos, el señor mayor que no habla ni una palabra de inglés. Aun así, lo saludamos en ese idioma, aunque podríamos hacerlo en catalán porque tendría el mismo efecto.

El domingo por la mañana le enseño los alrededores del centro y paseamos sin rumbo hasta que lo pierdo. Al querer volver, me subo al primer tranvía que veo con mucha convicción y él me sigue sin cuestionar nada, pero cuando me ve mirar mucho por la ventana, pregunta:

—¿Sabes a dónde va?

Y digo:

—Da igual, ¿no?

Àlex lo vuelve todo más manejable: la ciudad, el piso, mi cama, mi cuarto, la sensación de que van a romperse muchas cosas a la vez. Los recorremos mil veces de arriba a abajo. Me aplana el cerebro, lo calla por unas horas y lo llena de comparaciones absurdas, de juegos de palabras sin demasiado sentido, de caricias que duermen a pesar de la angustia. Y se lo digo, le digo lo mismo que a mi barrio, lo de que casa es donde todo se ve más pequeño.

Pocas horas antes de marcharse, le enseño la *app* de los aviones. Enfocamos el cielo con mi móvil y aparecen un montón de cartelitos con nombres de ciudades. Vuelos tan lejanos que ni siquiera los vemos.

—Esto estaba encima nuestro y no lo sabíamos —me dice sorprendido.

—Quizá te veré por aquí cuando vueles —le digo muy contenta.

Cuando cruzamos el patio para volver al aeropuerto, de casualidad, nos encontramos al único que no ha aparecido en ningún momento del fin de semana. Yo me ilusiono mucho y corro hacia él, le doy un abrazo.

—Andrea. Mira, este es Àlex. Qué suerte, justo nos íbamos —digo mirándolo. Luego, mirando a Àlex, añado—: *I aquest és l'Andrea.* A los dos os he hablado mucho del otro.

Ellos se miran durante un largo segundo. Luego, Àlex sonríe y le da la mano y medio abrazo.

—Claro, he oído mucho sobre ti.

Y después de dudar, Andrea contesta:

—Yo más, seguro.

Empiezo a abrigarme menos y a pasar más tiempo en el exterior. Aprovecho para alejarme de mi cuarto para dormir sin temblar en otras camas, y de mi cocina para sentarme de verdad en otras sillas. Viajo a países vecinos durmiendo en autocares y dejo de estar anclada a un lugar. Doy vueltas por diferentes ciudades del norte y del este de Europa intentando entender si viajar durante el Erasmus es un viaje dentro de un viaje o un viaje a secas, y siempre pasando la noche en camas con colchones casi inexistentes, lejos de lo que conozco y lejos de mi habitación en Bruņinieku.

Despisto a la cabeza llenándola de trocitos de hostales baratos, baretos antiguos, bocatas de súper y monumentos de todo tipo en Lituania, Estonia y Rusia, y cada vez que vuelvo a Riga la encuentro distinta. Menos como la conocía y más como las ciudades que conozco —menos congelada, en todos los sentidos.

La temperatura sube de los cero grados; guardo en el armario los jerséis feos de supervivencia y dejo en la punta de la butaca solo lo que uso durante los inviernos de casa. De manera ordenada y como si no se atrevieran, pequeños puntos verdes aparecen por toda la capital. Descubro cómo es la primavera de verdad por primera vez en mi vida: veo cómo cambian las calles, las personas y las relaciones, cómo los parques cobran sentido, cómo crecen los árboles. Y cuanto más viajo, más crecen; cuanto más fuera estoy, más bonitos los veo.

Esto me pasa sobre todo a finales de abril, cuando me sumo a un viaje totalmente improvisado que resulta ser tan raro como imprescindible. Alguien se lo propone a alguien que se lo propone a alguien que se lo propone a Andrea. Andrea me lo propone a mí. Y yo, invadida por el sol repentino, digo que sí. Cuatro días después, tengo una mochila tirada en el maletero de una furgoneta llena de trastos y de gente que conozco mucho o nada: Georgios, un griego cuyo inglés se entiende solo si una quiere entenderlo, Jules, Elke, dos amigas suyas de clase, Andrea y dos amigos de cuando va a ver el hockey sobre hielo.

Conducimos por la costa entera, de norte a sur. Nos recorremos medio país con los tobillos cubiertos por las garrapatas y la cabeza, al fin, descubierta sin gorro. Vemos ciudades pequeñas y pueblos pequeños con pequeños monumentos, muchos bosques interminables y muchas playas anchas y blancas que salen de su maleza y de la nada. Me sorprende que, en muchas de ellas, el agua trae el pasado a la arena y lo deja tirado en la orilla en forma de pájaros, peces y otros animales muertos, junto con conchas, maderas y trozos de mar, como si nadie hubiera estado allí en meses.

Así es la frontera entre Lituania y Letonia: tierra salvaje llena de caminos dejados, cielo abierto. La paseamos entera sin cruzarnos con nadie y, con la furgoneta, gastamos carreteras tragadas por los árboles, rodeadas de casetas de madera podrida y perdidas entre kilómetros de norte y vacío. Entiendo entonces las palabras de Zane, que dice que más allá de Riga hay mucho terreno y poco o nada con lo que llenarlo.

Un día aparcamos delante de una iglesia ortodoxa que no cabe entera en el marco de las ventanas de la furgoneta. Bajamos y nos quedamos los nueve en silencio, dándonos la vuelta constantemente. Comparamos sus tres cúpulas de oro, sus ornamentos, su majestuosa entrada y su jardín cuidado con la ringlera de bloques enormes e idénticos que tiene justo delante. Edificios contaminados y manchados por los años y la contaminación, con ventanas minúsculas y balcones llenos de trastos que no caben en ninguna otra parte.

De ellos van saliendo decenas de personas muy arregladas, con sombreros y pañuelos cubriéndoles la cabeza. Nos pasan todas por delante y todas nos observan: nueve universitarios de pieles y pelos distintos parados delante de una furgoneta, que está llena de frases guarras escritas sobre el polvo acumulado en los cristales traseros.

Georgios y Andrea se separan de nosotros para seguir al grupo que entra en la iglesia. Y los demás, como si nadie quisiese hacerlo pero nadie quisiese quedarse atrás, los seguimos y cruzamos la enorme puerta.

Dentro estoy todavía más lejos. Dentro hay velas, silencio, gente que, al poco rato, se nos queda mirando. Jules se pone a hacer fotos; las amigas de Elke hablan en voz alta; ella y yo nos damos cuenta de que somos las únicas mujeres con el pelo descubierto.

—No deberíamos estar aquí —me dice ella.

No pertenecemos allí dentro, nos vamos; son días de estar fuera. Son días de pasar la noche en lugares aleatorios, de dormir apretados en la furgoneta. Días de avanzar motivados por llegar hasta la punta de Letonia, la que se pierde en el mar Báltico. De perdernos por las carreteras y enfadarnos en palabras mezcladas, de perdernos y hacer poco o nada al respecto. Y de pasar de momentos bonitos a otros nefastos, de ir de sitios desconocidos a sitios históricos, de cárceles soviéticas a puestas de sol.

Al final, de tanto irme cojo fiebre. Los escalofríos se suman a un dolor de barriga que se asienta en mi cuerpo por ese entonces, y arrastro ambos por lo que nos queda de país. Cuando mis amigos beben, yo bebo también, aunque me duela la garganta. Cuando mis amigos andan sin parar, yo ando también, aunque me duelan las piernas. Cuando mis amigos siguen y siguen y siguen adelante, yo sigo también, aunque no sepa hacia dónde.

Seguimos hasta que los carteles indican Riga cada vez más cerca. En la furgoneta todo el mundo se revoluciona y corea el nombre de la capital.

—*It's time to go home* —exclama Elke sentada a mi lado.

Me pregunto cómo de verdes estarán los árboles de fusilados delante de la uni. Me pregunto cómo serán los días si ya no hace frío, cómo será el calor en el norte y si el exterior cambiará algo en mi interior. Si me ayudará a dejar febrero y marzo atrás y el miedo a que se parta el suelo, el techo, el cielo. Y, quizá por sentirme a gusto, por compartir con mis amigos algo que no comparto con nadie más —el estar en el mismo momento, en el mismo lugar; el vivir en una misma ciudad durante un trozo de vida—, quizá porque estoy cansada o porque la primavera pone bonito ese país o por la fiebre, que no hace más que subir, contesto sonriendo:

—*Yes, it's time to go home.*

Y lo digo hablando de mi casa en la otra punta de Europa. De mi casa rara, descongelada, sucia, agrietada, extraña, cambiante. Lo digo, por primera vez, sobre Riga.

Las primeras en caer son las piernas. Después, la voz. Luego, los brazos y el pecho. La fiebre termina por invadir todo mi cuerpo de manera que queda inservible cuando ya estoy a diez minutos del piso, como si acercarme a él le causase una incapacidad de seguir siendo útil. Lo último que me queda, como siempre, es la cabeza, que se resiste a ceder alguno de sus rincones a la niebla que me envuelve.

Cuando cruzo el umbral de mi puerta me embriaga una sensación de irrealidad que vuelve el piso de mentira. No soy capaz de entender las distancias de una a otra habitación, los pasos necesarios para entrar en cada una de ellas. En la cama, me tapo con el edredón y dejo que se me claven por el cuerpo unos clavos invisibles. Y en la habitación y por el pasillo veo sombras que se acercan, oigo a alguien hablando, siento aire frío que viene y va. Me incorporo de repente unas cuantas veces, siempre seguidas de un gran mareo.

La voz de Àlex aparece entre las sombras, me dice que me tome algo.

—Desde Barna no te puedo ayudar más, ojalá pudiera.

Y luego más clavos, más frío. Paso las horas en un limbo entre el estar despierta y el estar dormida, luchando contra algo que no veo, otra vez. Me repito que debo levantarme, ir a buscar medicinas, hacer caso a los consejos de Àlex. La otra opción es hundirme en esa realidad abstracta hasta quedar para siempre discapacitada para entenderla. Igual porque le gusta la idea, mi cuerpo no responde y me ancla a la cama.

Poco o mucho después, Zdenka me rescata. Me saca del cuarto y nos sentamos juntas en la cocina; ella en la silla que no uso, la que está al lado de la esquina. Me cuenta cosas que han pasado mientras estaba fuera, nada importante. Me da la mano mientras habla, me acaricia la piel con el dedo gordo y dice, en un momento en el que estoy mirando el suelo:

—Te he traído algo.

Saca un paquetito de la bolsa que ha subido de su piso con ella y me lo da. Es un chocolate envuelto en un papel bonito con palabras en un idioma extraño.

—*It's from home.* —Usa la palabra *home* para su país, lejos de Bruņinieku—. Lo comía constantemente cuando era pequeña. Y sí, también lo traje por si hacía amigas.

La abrazo mientras le pido perdón por si la estoy contagiando y perdón por no ser tan previsora como ella. Me encallo en hacer comparaciones de la maleta de Zdenka con un portal que conecta con la trastienda de un supermercado en su ciudad usando algún tipo de magia antigua, pero ella me interrumpe para darme otro paquete envuelto en papel marrón. Lleva una etiqueta en la que aparece mi dirección postal. Reconozco la letra enseguida.

—Esto llegó cuando no estabas —dice—, es de Àlex.

Destripo el papel. Leo la nota que encuentro dentro —en la que se lee: «Para que casa sea donde estés»— y cojo el librito que hay debajo. Con él en el pecho, miro a Zdenka.

—*Thank you* —digo, y como ella me sigue sonriendo, añado—: *It's my diary. My diary from home.*

Y también uso la palabra *home* para una casa lejos de allí. No todas tienen que ser cercanas en todos los sentidos.

En dos semanas Riga se divide en dos Rigas. La primera tiene decoraciones con el número cien. Tiene los colores de la bandera letona, mercadillos de arte en las calles y música, sol, noches cortas. Tiene expuestas en grandes paneles fotos de otras generaciones bálticas, las que se dieron las manos desde Tallin hasta Vilna y montaron barricadas por donde me paseo casi treinta años más tarde. La primera Riga celebra el 4 de mayo, la restauración de la independencia de Letonia.

Ese día me pateo la ciudad con Elke, Georgios, Andrea y Jules hasta dar con la exposición de fotos delante de la catedral. Hablamos sobre la política en la calle, sobre manifestaciones, sobre el poder de la gente y esas cosas. Hablamos sobre cómo podemos cambiar lo que no funciona, sobre los jóvenes como chispa de lo que vendrá, sobre un 2019 en el que se queme lo que se tenga que quemar y un 2020 en el que respirar con calma. El 4 de mayo vemos el futuro con buenos ojos.

Jules y Georgios deciden invitarnos a unas cervezas y las tomamos al sol. Elke compra bufandas con el estampado tradicional y nos las ponemos para ir acordes con el resto de la gente. Andrea me compra un collar con el símbolo letón que representa el sol, y mientras me lo pone dice algo como «il sole ti fa bene».

Luego Elke me coge del brazo mientras vamos por la calle, me lanza miradas acusadoras y, cuando nos quedamos detrás del grupo, conclusiones precipitadas. Yo me río y niego con la cabeza.

Más tarde vamos de un concierto a otro, vemos actuaciones de artistas que no conocemos y cómo la gente regala flores a la estatua de la Libertad. Esa Riga, la de ese día y la de muchos otros, es bonita.

La otra es más gris: llueve durante toda la semana siguiente. Las calles que van del centro al piso se humedecen y se vuelven un caos de autobuses, taxis y tranvías. Llueve de todas partes y no solo del cielo; llueve de los techos, de las esquinas, de los charcos en asfaltados mal hechos.

Llega el 9 de mayo y, junto a las banderas letonas instaladas en las calles, desfilan personas con banderas de la Unión Soviética. Más tarde vemos un vídeo eterno que nos envía un compañero de clase que está de viaje en Moscú donde aparece el desfile infinito de tanques y soldados —andando al mismo tiempo y gritando algo que no entendemos— que celebra la victoria del ejército soviético sobre los nazis. Vemos mucha gente en las calles, la bandera rusa en el cielo y niños que corean y aplauden vestidos con el uniforme militar de entonces.

En esa otra Riga hablamos sobre cómo huiríamos de nuestro mundo si las cosas cambiaran. Hablamos de líderes que no nos gustan, de noticias que no nos gustan, de todo lo que en ese momento es todavía una hipótesis. Hablamos del miedo a la locura ajena, del miedo al fuego, a que se difumine todo. Yo digo que, llegada una situación apocalíptica, me mataría y ya.

—Alguien tendría que luchar —recrimina Zdenka.

Asiento, como pidiendo perdón por querer huir del dolor. Al cabo de un rato, cuando el vídeo ya se ha terminado hace mucho y estamos intentando cambiar de tema, Elke dice:

—¿No tenéis la sensación de que pronto va a pasar algo horrible?

Los demás no contestan, solo hablo yo, que digo:

—Sí, todo el rato.

Volviendo a casa vemos como un coche se sale del carril y choca contra otro. Algunas personas se acercan corriendo desde distintos puntos pegando gritos, la calle se detiene a verlo. Yo me quedo a kilómetros de ellos, aun estando a escasos metros, viendo como aparece la policía, como llaman a una ambulancia, como se llena y se vacía la escena en dos minutos.

—No deberíamos mirar —dice Andrea cuando ya estamos mirando—. Deberíamos irnos.

De camino, andando detrás de Zdenka y Andrea, se repite en mi cabeza cómo se abolla el metal, cómo se deforma y se queda feo lo que era bonito. Me entra una urgencia —como siempre, al principio un poco y, de golpe, mucho— de cuidar a las personas que me importan. Pero llamo a Nora y nada. Llamo a Laila y salta el buzón. Mi madre contesta:

—¿Pasa algo? Justo pensaba en ti.

Y le pregunto rápido cómo está. Ella habla de cómo de lento pasa el tiempo en casa, de cómo de quieta le hacen quedarse en la radioterapia. Le doy ideas para llenar las horas, pero no tiene energía para llevarlas a cabo ni concentración para escucharlas todas. Me dice que tiene que descansar, cuelga.

Luego llamo a Àlex, que está con Èric pero lo coge igualmente. Le cuento el accidente, le cuento cuánto rato hemos mirado, le cuento cómo lo garabatearía en mi diario si lo tuviera conmigo y le pregunto muchas veces:

—Estás bien, ¿no, Àlex? Los hombres tenéis problemas para hablar. Si algún día te pasa algo, me lo puedes decir.

—¿Qué haces? —pregunta Andrea una de las veces que se da la vuelta.

—Preocuparme, no sé.

Para cuando llego a casa, he estado en tres conversaciones distintas. Me desvisto como si mi ropa quemara y me meto bajo una ducha de agua tan helada que se me corta la respiración. Aunque siento que me ahogo, aguanto.

Mi habitación es un poco más grande que la de Andrea, que alguna vez se queja de que casi nunca lo invito. En esos casos, suelto que huele raro y que es una mierda. Sé que él no me cree porque cada vez que lo digo se queda callado. Me da la sensación de que piensa que escondo algo, como si en mi piso tuviera a alguien secuestrado y por eso no quisiera dormir ahí.

No soy la única mentirosa. Un día Georgios me cuenta delante de él y de un montón de gente de Bruṇinieku que Enzo dice por ahí que nos estuvimos acostando y que por eso lo evito. Saltan algunos indignados que se toman muy en serio las historias que Enzo cuenta sobre mí, así que al final opto por decir que es verdad, que soy una asquerosa, que me encanta provocar a los hombres y que no me merezco a nadie. Ante la mirada de Andrea, me encojo de hombros, y digo:

—Por eso quiero dormir contigo, ya ves.

Él contesta, cambiando al castellano para que no nos entiendan:

—También se habrán inventado alguna historia sobre mí, entonces. Sobre tú y yo.

—Pues bueno. Somos más interesantes en la ficción que en la realidad. A veces la realidad es decepcionante.

Pero la primavera, no. A medida que avanza mayo, los días son cada vez más luminosos y largos. A los propietarios de Bruṇinieku les da igual: la calefacción comunitaria sigue encendida y casi todos los que vivimos ahí nos vemos obligados a abrir las ventanas y a ir en manga corta cuando el sol da de pleno. Por eso una tarde que estamos tirados en la cama enorme de Andrea estudiando me quedo mirando las cicatrices que tiene en el brazo. Las repaso con la mirada mientras él practica letón, diciendo muy serio frases muy estúpidas como que en el campo hay caballos marrones, flores rojas y árboles verdes. Por un segundo estoy a punto de preguntar por qué las tiene, de qué son. Pero me doy cuenta de que a mí se me ven los arañazos de la piel y me tumbo a su lado de golpe para perder la perspectiva y dejar de ver.

—*Tu esi labi?* —me pregunta.

—Estoy bien, sí. ¿Por?

—No sé, es una sensación —dice escudriñando mi cara y luego bajando hasta el cuello. Alarga la mano hasta allí y coge el collar con cuidado—. *It looks ļoti labi.*

—*What the fuck* es *ļoti*?

—Tía —dice imitándome—. *Ļoti* es «muy». *Ļoti labi*, muy bien.

Cogemos como costumbre pasarnos así las horas entre plan y plan, para no estar cada uno en su piso hablando por WhatsApp. Nos hacemos una pequeña comunidad dentro de la comunidad en la que estamos Zdenka, Jules, Andrea, a veces Elke y yo. Nos ponemos de acuerdo para poner la misma música en alto, para cocinar lo mismo para todos, para ir a los mismos lugares a la vez. Y vamos a todos los festivales de cerveza que se organizan durante el día, a todos los festivales de electrónica que se organizan por la noche, a todos los conciertos gratuitos a los que nos da tiempo de ir. Al volver, nos juntamos en la cocina de alguien y hablamos mezclando personalidad con identidad cultural y Balzams con pasta enganchada en la olla desde el mediodía.

Una madrugada, en una casa de madera de nuestra calle en la que ponen *techno* todas las horas del día, mientras yo bailo y me desubico, a Andrea se le humedecen los ojos sin ningún tipo de pretexto y desaparece entre la gente. Cuando lo busco, no me coge las llamadas y, por un momento, me golpea de nuevo la angustia de perder a Àlex en las manifestaciones, justo antes de que descargase la policía. Pregunto a cada persona que conozco si sabe algo de él, miro en cada sala de la discoteca, en los baños y en la cola, maldiciendo la oscuridad y el humo, el alcohol, la niebla que llevo en la mente.

—Está fuera —me dice finalmente Georgios, a quien me encuentro de casualidad—. Ha dicho que quería estar solo.

Pasado mucho rato, aparece una figura entre los láseres de colores y las guirnaldas de luces que dice, con su voz tranquila: «Estoy aquí».

Esa noche, al volver al patio, es él quien me pide que duerma en su cuarto, a un lado de la cama. Me acuerdo de las primeras veces que se lo pedí yo, me acuerdo de cuando dijo que lo que me pasara me perseguiría a todas partes del mundo, me acuerdo del sol alrededor de mi cuello. Así que voy sin preguntar el porqué, sin inventarme ninguna historia sobre lo que pasará en su cabeza y me duermo cerca de él, de cara a la ventana.

El día que cargamos las maletas de Zdenka por todo el centro —las hacemos trotar por todo tipo de suelos y empedrados, subimos escaleras que luego toca bajar, cruzamos semáforos mientras nos pitan los coches— hace calor. Andrea lleva una maleta y dos mochilas a la espalda. Zdenka lleva una lámpara, una planta y una bandera en las manos y otra mochila en la espalda. Yo llevo la maleta más grande, que decido cargar sola a pesar de que ellos me ofrecen ayuda más de una vez. Las arrastramos hasta la estación de tren, que sigue tan gris y fea como en marzo, la última vez que estuve.

Sudados, cansados y aliviados por ver que han retrasado el tren de Zdenka, lo dejamos todo en un banco. Hay tanta cosa que parece una nueva casa, un rincón aleatorio y sucio convertido en hogar. Nos encontramos con una amiga suya, la que se va con ella a viajar en tren hasta volver, en algún punto y cuando se les acabe el dinero, a Eslovaquia.

Decidimos esperar junto a las vías del tren que, a diferencia de como las recordaba, están llenas de hierba. Van pasando vagones azules y amarillos a medida que van pasando los minutos; trenes que van a otros lugares, a otros viajes. Cada una de las veces siento unas náuseas que aparecen como una descarga eléctrica y que aguanto igual que la respiración bajo la ducha helada. Llegan con ellas pedazos del último trayecto en tren, de la Zdenka de entonces, de la Riga de entonces, de la Abril de entonces. ¿Han cambiado todas tanto, en realidad?

¿O son solo los aparentes cambios un efecto más del sol, el calor, el aire fresco?

Aprovechamos para recordar la primera vez que hablamos y las primeras cosas que hicimos juntas. Abrazadas, vemos pasar los meses como si fueran más vagones de tren.

Espero de pie, dejando espacio a las pertenencias de Zdenka, todo lo que se lleva de su etapa en Letonia. Me sujeto la barriga con dos manos, como hacen las embarazadas, aguantando la sensación de que algo dentro me va a explotar como si fuera una bomba programada para desgarrarme el cuerpo en un momento que no controlo.

—¿Cuánto queda? —digo en voz alta.

—Unos diez minutos, ya —contesta Andrea.

Miro fijamente la cara de Zdenka y le digo que la voy a memorizar, que voy a memorizar su voz. A ella le hace mucha gracia y se pone guapa; dice que la recuerde así, guapa. La interrumpo afirmando que nos volveremos a ver.

—Sí, sí. Vendré a verte. Prométeme que vendrás —me dice con los ojos muy abiertos, dándose la vuelta de vez en cuando para comprobar que no viene el tren.

—Te lo prometo.

Y mientras no viene dura nuestra etapa juntas en Riga. Mientras no viene le digo que todavía es nuestra ciudad, nuestra casa, nuestra comunidad. Y ella dice que sí, que sí, que tengo razón. Que cuando volvamos, si volvemos, ya no será nuestra ciudad.

Aparece el tren silbando. Le digo muchas veces que la quiero, ella me lo dice también. Nos damos un abrazo colectivo los tres, de esos que dan un poco de vergüenza ajena desde fuera, pero que desde dentro son bonitos. Tiene que hacer dos viajes para poder subir todo su equipaje.

Una vez dentro, asoma por la ventana y nos grita, otra vez, que vayamos a Eslovaquia a verla.

—*Obviously. You mean Bratislava, no?* —grito yo.

Esa es la última tontería que le digo, porque el tren arranca y su sonido se come la conversación. Y mientras se aleja un pensamiento se traga por un momento la pena: que puedo respirar, que no voy a explotar. No soy yo, no soy yo.

No soy yo la que está en el tren.

Junio llega a Riga como un trozo de Barcelona. Las gaviotas invaden el cielo azul, el cielo azul invade las aguas del Daugava, las aguas del Daugava invaden mi cuerpo durante los días que decidimos bañarnos, hundir la cabeza, dejarnos estar en un verano que asoma distinto de como lo hace en el sur.

Las noches se vuelven anecdóticas, algo absurdo que dejamos pasar por alto durante las tres o cuatro horas que duran. Y las paso todas fuera, aprovechando el día y la larga luz en el horizonte que reemplaza la oscuridad del invierno. Durante esas semanas me prometo irme a dormir mientras esté oscuro, mientras dure ese breve intervalo en el que la enorme ventana de mi cuarto no lo vuelve imposible. Pero no lo consigo. El sol insiste en salir constantemente en una ciudad a la que ya no le queda noche, ni frío, ni lugares en los que desorientarme por accidente.

Poco después de marcharse Zdenka los días se convierten en un enredo incomprensible, como el de mi pelo al acostarme después de darme una ducha. Solo sé que es junio, que queda poco, que se termina pronto. Mi barrio y los demás barrios se vuelven un lugar distante. Las cuestas y las ramblas me parecen algo del pasado, un momento al que no necesito volver, pero da igual porque el tiempo me empuja hacia allí sin que importe mi opinión, mis decisiones, mi forma de procrastinar comprar un billete de avión definitivo.

Lo pospongo alejándome de la ciudad verticalmente. Volvemos a subirnos a una torre, pero en ese caso no a la de una iglesia, sino a la de la televisión. Llegar hasta allí resulta difícil porque está lejos y porque durante dos días Riga parece querer alejarse de sí misma verticalmente, también. La ciudad entera se convierte en un revoltijo de hojas, papeles, plásticos, carteles y calcetines perdidos que vuelan de un rincón a otro sin saber dónde dejarse caer. En las calles, el sonido del viento persigue y golpea, desubica.

Una vez arriba, leemos los carteles que hay junto a las ventanas, los que cuentan cosas de historia y geografía señalando puntos lejanos en el horizonte, y andamos con las manos entrelazadas justo encima del culo, como cuando te haces mayor. Allí, la primavera deja paso al verano. El Daugava y los bosques parecen más inmensos y las calles donde tengo recuerdos, más insignificantes. Vemos como las nubes llegan y se van a mucha velocidad y aun así se nos pasa por alto el paso del tiempo. Después, de bajada, Elke, Andrea, Jules y yo nos quedamos encerrados en el ascensor y los minutos ganan presencia, igual que el verano, el Daugava y los bosques.

Nos sentamos cada uno en una esquina y nos dedicamos a pasarnos una mandarina que tiene Andrea en el bolsillo. Después Elke se la come y nos quedamos sin nada que hacer.

—A nadie le importa que estemos atrapados, ¿verdad? —dice Jules mirándose un grano en el espejo.

—Probablemente no —dice Andrea—. Vamos a morir aquí.

Pero nos abren al cabo de un rato pidiéndonos perdón y no pasa nada más. Volviendo a casa, nos duelen los oídos del viento y terminamos andando con las orejas tapadas, con la sensación de que vamos a despegarnos del suelo, de que saldremos volando junto con todo lo que hemos aprendido a querer en esa ciudad. Esa noche duermo con la cabeza debajo del cojín porque el sonido y la certeza de que no puedo hacer nada para callarlo no me dejan descansar.

En la pantalla de mi teléfono la primavera se acerca al final con la misma rapidez. Àlex termina la uni y me pierdo la graduación. Le prometo a su imagen entrecortada que lo compensamos pronto, que vuelvo pronto.

—¿Qué día? ¿Tienes billete?

—No, no. Todavía no.

Pienso en ver lo que no veo de él durante una llamada, las pecas de la espalda o las uñas mordidas. Cualquier cosa. Me propone planes a tres mil kilómetros de donde estoy y añade que los hacemos este mes, dentro de unos días.

—Pronto, sí.

Digo lo mismo cuando pospongo otra celebración; a mi madre le dan un descanso de hospitales durante unos días, unas semanas. Que todavía cerrar etapas es abrir otras y terminar tratamientos es empezar otros y estoy yo todavía lejos, pero aun así, decimos:

—Ya queda menos.

—Sí.

—Dentro de nada nos vemos.

—Sí.

—Esto se terminará pronto, Abril.

—Sí, mamá —digo, aunque no sepa a qué se refiere con «esto».

La última vez que Andrea y yo nos metemos en el barrio ruso lo encontramos distinto. Entre las casas abandonadas ha crecido maleza y los árboles, que antes habían quedado reducidos a ramas secas, ocupan buena parte de las calles y los descampados. Las cúpulas de oro de las iglesias brillan y deslumbran con el sol. Los colores de las paredes relucen.

La universidad, en comparación, parece menos amarilla. Quedamos con los compañeros en que nos veremos antes de marcharnos a nuestros países; no tengo claro si es una promesa de verdad o de mentira. En letón, pasamos uno por uno a entregar nuestro examen escrito y, cuando llega mi turno, me despido de mi profesora.

—*So this is it* —dice sonriente.

Y tiene razón. *This is it* para los días de apuntes hechos un lío, los dibujos al borde de la página, los táperes fríos en la cantina y los cafés calientes en la barra, las risas contenidas o maleducadas, las clases bonitas o aburridas, decir que mañana nos vemos, nos vemos el lunes, coger cariño a personas a las que no veré más. Tiene razón. Los años de encuentros en los pasillos, de moverse por ellos como por casa, de apoyar la cabeza en las manos y escuchar y asentir y fingir y asentir han terminado. Y lo demás no lo sé.

—¿Qué viene ahora? —pregunta.

Lo demás es ir por libre. Ir lejos, ir a casa. Trabajar, si me dejan. Seguir estudiando, dudar, llegar a alguna parte o a ninguna. Las opciones conviven en un universo tan grande que se vuelven diminutas y las pierdo de vista.

—Primero, terminar el Erasmus —contesto con una risa estúpida.

Con un agujero negro en la cabeza, salgo de la universidad hablando con mis antiguas compañeras de clase. Me distraigo con ellas, bromeamos sobre terminar y sobre los finales. Andamos juntas hasta la parada del bus que va al centro. Cuando me doy la vuelta, los árboles se han tragado la uni; desde donde estoy ya no se ve.

De repente, tengo que meter seis meses de mi vida en cajas y lo evito el máximo de horas durante las que soy capaz. Después de un invierno atemorizada por estar encerrada en la habitación, intento olvidar que tengo que dejarla pronto. Descubro que el cambio comporta muchas cosas que se me dan mal: ordenar, organizar, seleccionar, priorizar, decidir. Intento encontrar y localizar todas las partes de mí que he ido escondiendo en partes del cuarto y del piso y descubro también que hay muchas más de las que pensaba.

Las reúno encima de mi cama, que es tan grande que en ella entraría un año entero en Letonia, y cuando me doy cuenta de que no caben ni de coña en mis maletas, las dejo allí durante dos días. Dejo que las cosas se pongan en mi contra y me obliguen a dormir en un rincón, igual que cuando llegué.

Esos días son como los cuartos antes de las campanadas, pasan sin que me dé cuenta y sin entender muy bien qué tengo que hacer con ellos, esperando algo que está a punto de llegar y que será más importante. Empiezo a descansar un máximo de cuatro horas por noche, siempre demasiado pronto o demasiado tarde. La cabeza vuelve a pesarme, aunque esté contenta porque se llena de todos los trastos que tengo que llevar hasta la costa del Mediterráneo y de todos los mensajes que no contesto. Dejo sin respuesta el grupo de amigas de la uni, el del cole y el chat con Nora, con Àlex. Dejo sin respuesta a mis padres, que de repente hablan de revisiones médicas a mi vuelta porque alguien les ha recomendado que su hija tenga prudencia. La tengo y evito pensar en enfermar en el futuro para no enfermar en el presente.

Hago lo que puedo por tragarme la capital: voy a distintos sitios, voy a distintos planes, cojo los tranvías y las calles pensando que cada vez que lo hago es la última. Y me dejo flotar en el Báltico, que ya no está congelado ni blanco y parece un lago eterno. Me dejo envolver por los colores del centro como si fuera la primera vez que los veo. Me dejo arrastrar, en general y en el buen sentido, y lleno cada uno de los rincones de Riga de esa nostalgia prematura que da ganas de tatuarse algo.

Poco a poco, mi habitación deja de ser mía, si es que en algún momento lo había sido. Me esfuerzo en no encontrar una solución a la ausencia de espacio —me obligo a no acordarme de las bolsas de plástico en las que traje mis cosas comprimidas—. Hacerlo es fácil, porque cada noche hay una fiesta de despedida de alguien. Allí, las personas a las que he visto cada día durante meses empiezan su viaje a convertirse de nuevo en desconocidos a los que olvidaré. Nos hacemos muchas fotos y muchas promesas, como las que hice con los compañeros de universidad. No sé si creer que las cumpliremos me parece bonito o ingenuo; quizá un poco las dos.

Decido organizar yo también una fiesta así. Ante la ausencia de Zdenka, que sería la persona perfecta para ayudarme, pido ayuda a Andrea, a Elke y a suficientes personas como para, en realidad, no tener que organizarla.

Me cuentan lo que han pensado en la cafetería junto al canal.

—Andrea llamó para avisar al tío del bar de que iremos. ¿No, Andrea? —dice Elke.

—Se me olvidó —dice él en castellano, pero añade en inglés—: Claro, dijo que genial.

Con el tiempo que sus discusiones me dejan termino ocupándome de las infinitas cosas de la cama. No me queda otra opción que usar las bolsas de plástico, lo que comporta sacar el aspirador del armario, donde lo metí junto con enero, febrero y marzo. Al hacerlo, veo patas de araña y mis arañazos, las esquinas del piso y las mías; corro a la cocina y abro la ventana, saco la cabeza igual que un perro en el coche.

Vuelvo a por el aspirador y con las manos tan temblorosas como decididas lo arrastro por el pasillo y lo llevo a mi cuarto. Al enchufarlo, empieza a aspirar solo, me encojo. Me calmo. Huele a polvo, a sucio. Se me mete el olor entre las cejas, justo encima de la nariz.

Meto el tubo en la boca de la primera bolsa de plástico. El olor empieza a nublarme la vista cuando voy por la segunda bolsa y al final la suelto. Dejo el aspirador encendido en el suelo, aspirando el piso y todo lo que queda de mí en él.

Corro al baño a vomitar, quizá por el dolor que tengo en el pecho desde hace tanto que no sé cuánto, o por comer poco, por comer mucho, por no dormir, por resaca. Me hundo en la taza del váter y me quedo en ella, dejando que la gravedad me llame a través de las tuberías. No sé si me quedo poco o mucho ahí, pero cuando consigo salir, levantarme, coger el aspirador y volver a usarlo me encuentro mejor.

Esa vez aguanto la respiración y simplemente aspiro. Aspiro el aire de las bolsas de plástico y de mis pulmones hasta que nos quedamos chupadas las bolsas, mis cosas, yo.

Las paredes de la habitación son lo último de lo que me encargo. Descuelgo una a una las postales que tanto me costó colgar y alinear entre sí. Descuelgo la carta sin respuesta de la señora Julia, los bosques, el cielo gris, las estrellas y el mar. Descuelgo las fotos de mis amigas y de Àlex, descuelgo las lucecitas. Pongo todo lo que no he aspirado en grandes montones en mis mochilas, menos el diario, que decido dejar en la mesita de noche para sentir que todavía vivo ahí.

Y lo que no cabe lo meto en unas cajas de cartón que Elke promete que mandará por mí a Barcelona cuando me haya marchado. Es un paquete donde incluyo la decoración de la habitación, los regalos, los garabatos. Meto incluso ropa rota y lápices de colores gastados. Y las sábanas que compré. Meto tanta cosa que dejo la habitación desnuda, con la mancha de sangre expuesta, con las telarañas expuestas, con el polvo antiguo y actual expuesto.

Me esfuerzo para no dejar atrás nada, aunque, con las horas, veo que es imposible; termino haciendo una selección de objetos que abandonar y olvidar.

Al final, dejo mis tres maletas con lo comprimido dentro justo al lado de la entrada, sintiéndome responsable y dueña de mí misma por conseguir hacer lo mínimo que se le pide a una estudiante Erasmus: que recoja sus cosas y se vaya. El viaje de vuelta empieza en ese momento. Como si las maletas, las decisiones que todavía tengo que tomar, los lugares a los que todavía tengo que ir y todo lo que todavía me tiene que pasar estuviera esperándome. Como si llegase tarde a los días que están por venir.

Nos encontramos en un bar al que solemos ir, uno de esos que odiaría si fuera letona porque está lleno de extranjeros que gritan y molestan, mesas pegajosas, guirnaldas de luz medio rotas y olores raros.

Pedimos muchos chupitos de Balzams, alguien grita mi nombre y los demás brindan. Me olvido de beber; Georgios se queja a mi lado.

—Hay que beber cuando se brinda, sobre todo si es por ti.

Me lo trago de un sorbo, y el siguiente y el otro también, me da por ser europea e invitar a la gente a más bebidas. Los invito tanto y bebo tanto que me parece divertido ver números grandes en el datáfono; digo cosas como «Mira, en mi vida había gastado tanto en alcohol» y nos reímos mucho. Para compensar, me invita a mí también Zane y me invita Elke, me invitan las amigas de Elke, me invita Georgios y me invita Javi. A Andrea y a Jules les pido que no me inviten, por favor.

Ponemos muchas canciones en la máquina esta de música que tienen algunos bares, el camarero sube el volumen cuando se lo pido y me muevo de forma que me pongo a dar vueltas sobre mí misma y siento que así da menos vueltas el mundo. Que estar mareada en ese contexto me hace ser feliz. De verdad. Me golpea una sensación de plenitud, de paz, de emoción por lo que llegue. De tener más ganas que miedo, más curiosidad que ansias, más ilusión que asco. Luego Andrea se pone a vomitar y se me pasa de golpe.

Lo acompaño al lavabo, que es tan oscuro que podría estar consolando al amigo equivocado, y lo vigilo desde la puerta diciendo frases del estilo «Ya está, ya estás mejor, ¿ves?», justo antes de que vuelva a vomitar.

Cuando parece que mejora lo incorporo hasta el lavamanos. Me pide perdón y que no me vaya. Me ato la camisa a la cintura y me quedo en tirantes, le mojo la cara y el pelo mientras él balbucea frases raras mezclando italiano, castellano e inglés. Luego abre los ojos y se queda mirando mis gestos, cómo recojo el agua, cómo se la paso por las sienes. Los oídos descansan: la fiesta suena lejos y escuchamos el goteo del grifo, mis manos húmedas.

—¿Por qué tienes la piel así? —suelta Andrea tocándome las marcas del brazo—. ¿Te caíste?

—Un poco.

Sigo escuchando el agua, pero antes de que pueda preguntar más, añado:

—Tú nunca me has contado de qué son las cicatrices esas.

—No te lo he contado porque *non è interessante*.

—Es que lo mío tampoco —digo mientras miro la puerta, esperando que alguien interrumpa la conversación.

Lo hace él mismo.

—¿Por qué no te quedas?

—No te voy a dejar aquí.

—No aquí. *Sto parlando di Riga*.

—Ah, no puedo. Tengo cosas que hacer.

—¿Qué cosas?

—Pues no lo sé. Algo habrá.

Jules entra en ese momento y ve a Andrea tirado sobre el lavamanos. Se ríe de él, pero decide arrastrar su peso hasta el pasillo. Aparecen Elke, Georgios y Javi, que traen olor a gente de la sala principal del bar, y nos sentamos contra la pared. Andrea se queda dormido encima de Jules y nos turnamos para acariciarlo como si fuera un bebé de veintitrés años. Le hacemos fotos y nos comunicamos con él usando esa voz aguda y estúpida adecuada para humanos pequeños y estúpidos.

—Georgios debería estar aquí para practicar. Dice que quiere tener hijos tipo dentro de dos años —dice Jules entonando como si fuera una pregunta.

—No lo entiendo —me dice Javi, que está apoyado a mi lado—. Hay que aprovechar estos años, son los mejores de la vida. Luego, nada.

—¿Cómo lo sabes? Que son los mejores. Solo tienes veintisiete años.

—Porque se sabe. Que luego ya nada.

—¿Y lo mejor qué es?

A mi alrededor, mis amigos tienen la cara teñida por una luz de neón amarilla que deja sus expresiones más marcadas que a la luz del día, como si todo les afectase mucho y estuvieran muy contentos o muy enfadados. Se han metido en un debate sobre si es mejor morir de golpe y sin darse cuenta o lentamente, diciendo adiós. Pero entonces alguien entra en el baño, exclama que el lavabo huele a vómito y cambian de tema.

—Pues esto. Tu libertad, ser joven. Lo demás es peor.

Ya amanece cuando, casi a las tres, Andrea renace como si la noche acabase de empezar. Nos propone ir a su piso y le hacemos caso, aunque en él no quepa ni siquiera un sofá. Hasta allí nos sigue casi toda la gente a la que he tocado alguna vez en los últimos meses. Nos sigue incluso gente a la que no había invitado y a la que no hubiera invitado nunca, como Enzo y sus amigos. Elke me avisa al verlos subir las escaleras y soy la loca de la comunidad otra vez: les digo que se piren muy alto y moviendo mucho las manos. Luego sonrío mucho, también, porque me dedican insultos feos y se van.

Después hago trampas en juegos mortales de beber y lo demás que se hace en esas fiestas. Solo sé que pasan las horas porque noto como un dolor que me paraliza sube de la barriga hasta el pecho, hasta que no puedo respirar bien. Me obligo a hacer como si no me diera cuenta, me obligo a quedarme. Me gustaría ir a desayunar al Daugava y, durante buena parte de la noche, aguanto. Me gustaría quedarme hasta el final y olvidar que hay final. Decir que seguimos mañana, que mañana vamos a desayunar al río; hoy, no.

Termino yéndome a mi cuarto un poco como lo hice la primera vez: sin muchas ganas, con pasos lentos, llegando a un sitio en el que no vivo. Y, por fuera, la última noche es parecida a la primera: duermo arrinconada, encogida, entre cuatro paredes rosas y desnudas. Solo por fuera. Por fuera, duermo.

Y como duermo solo por fuera, me despierto por la luz del sol. Han pasado unos minutos. Desde la ventana de la habitación veo que en el piso de Andrea sigue habiendo gente. Con la cazadora todavía puesta, me levanto y voy hacia allí. En el último momento, me llevo lo único mío que queda a la vista: el diario.

Encuentro el piso con la puerta abierta, con la cocina y la habitación de Jules vacías, ambas llenas de latas y botellas tiradas, vasos abandonados, chaquetas olvidadas, pósits pegados en cada uno de los muebles con frases en cada uno de los idiomas que habla alguien allí, cereales desperdigados por el suelo, una muñeca sentada en la mesa, huellas de zapatos sucios, las ventanas abiertas.

Una única habitación sigue llena: la de Andrea. Lo encuentro allí, rodeado de gente que charla sentada en su cama, su butaca y su suelo. Las paredes todavía están intactas, como si el verano no se acercara para él. Siguen decoradas con billetes de tren, de avión, de bus y entradas de conciertos, museos y monumentos mal pegados con celo, fotos mal impresas, páginas mal arrancadas de libretas, dibujos hechos por Jules y por mí y una bandera letona en la que la gente ha ido firmando de cualquier manera. Las estanterías siguen llenas de novelas en italiano y en inglés, cómics y el cuaderno de letón.

Cuando me ve se levanta de un salto y me pregunta dónde me había metido.

—Estaba durmiendo en mi piso.

—Ya lo recogiste todo, ¿no? Está vacío.

—Sí, me da pena.

—Este está demasiado lleno —dice mirando su cuarto invadido.

—Pero están tus cosas, sigue siendo tuyo.

—El tuyo, en cambio, es tuyo ahora que ya no es tuyo.

Solo son las seis de la mañana y hace horas que es de día. Hay un balcón diminuto y agrietado en las escaleras, muy cerca de la puerta del piso de Andrea y de Jules. Embutimos una silla en el lado izquierdo de la grieta y una en el lado derecho. Cuando la luz ya se refleja en las ventanas de enfrente —las de mi piso— Andrea trae café para los dos.

—Este balcón un día se va a romper —le digo.

Él le da un sorbo al suyo y se pone las gafas de sol.

—Mientras no sea hoy...

Me cuenta cómo ha sido la fiesta durante los minutos que he dormido y lo hace como siempre: quitándose las gafas de golpe para dar efecto a las partes importantes y riéndose de sus propias bromas. Luego comentamos el resto de la noche, nos interrumpimos constantemente y nos burlamos de todo el mundo, aunque después añadimos algo como «pero son la hostia» para indicar que lo decimos con cariño.

Andrea se mete dentro y vuelve con dos cafés más, con un plato lleno de galletas que deja apoyado en la delgada barandilla del balcón.

—¿Por qué estabas mal antes? —dice sin mirarme a los ojos.

—Me dolía la barriga.

—¿Y nada más?

—Tenía un peso aquí. —Me llevo la mano al pecho.

—¿Por qué?

—No sé —contesto cogiendo una galleta—. Pero aquí estamos bien. Esta luz da la sensación de que el día se dilata.

Se levanta distraído y se apoya en la barandilla mientras come. Parece que Andrea no esté presente para nadie por su manera de moverse: tranquilo, ausente, como si estuviera donde está solo por casualidad. En ese caso, asumo que ha dejado de escucharme y abro el diario que tengo en el regazo, pero de golpe me mira y dice inseguro:

—¿Cuando vuelvas a Barcelona te dejarás puesto el collar que te regalé?

Lo cojo por instinto y lo dejo entre los dedos.

—Claro, ¿por?

Oímos gente charlando. Salen las últimas personas del piso arrastrando ojeras y palabras. Jules aparece el último y sale al balcón con una taza en la mano.

—*What are you two talking about?*

—*Leaving.*

Me pongo a dibujar las ventanas de mi piso y las gaviotas que sobrevuelan los tejados. Suenan a mi ciudad y a mi mar, digo que el Báltico suena parecido al Mediterráneo. Por detrás se oye, desde hace días, otro tipo de pájaro que no sé cuál es: uno que aparece solo en primavera y en verano; ambos suenan igual en el norte que en el sur, también. Miro arriba buscándolo, pero no lo encuentro.

—Cuando me levante el primer día en Francia —suspira Jules moviendo la cabeza de un lado a otro— sin este imbécil al lado… —Le da una colleja a Andrea y me pide con gestos el botellín de Balzams que llevo en el bolsillo.

Ambos se echan un chorro del licor en el café.

—Imbècils ho sou els dos, eh?

—*Il catalano si capisce, eh?*

De pie, dando vueltas sobre sí mismo, Jules se enciende un cigarro —Andrea se queja del humo del tabaco mientras lo empuja un poco— y se pone a hablar de lo que va a echar de menos y de lo que no le gusta de su país, de su casa, de sus padres. Le da por gritarle a los edificios de Bruņinieku y le da por hacerlo en francés —ha pasado demasiado tiempo lejos de su país— y gesticulando mucho —ha pasado demasiado tiempo con Andrea y conmigo—. Con todo, un poco de café escapa de su taza, aterriza en mi dibujo y difumina mis trazos.

—Mierda, Abril. Lo siento mucho.

—No pasa nada. —Las páginas las he abierto yo, no él—. De verdad, no pasa nada.

Se queda tranquilo y, agotado porque desahogarse le ha chupado demasiada energía, tacha al café de inútil.

—*I'm going to sleep*, ¿vale? —dice.

Dejo que Andrea se quede hojeando los nubarrones, las canciones y las manchas de colores del junio pasado mientras escuchamos cómo suena el nuestro. Parece que suene también lo que pienso, porque cuando termina dice:

—El día avanza, Abril, aunque hagamos como que no.

—Quizá lo mejor sería usar mis últimas horas, hacer algo.

Cierra la libreta y me la da.

—Tienes razón. Hagamos algo. Ahora.

Se levanta y roza el plato apoyado en la barandilla, que se desliza y se precipita al vacío. Oímos como se parte en mil pedazos al estrellarse contra el patio.

—Joder, era evidente que se iba a caer —suelto.

—Si era tan evidente, haberlo evitado.

Salimos a la calle con lo puesto. En mi caso, la ropa de fiesta, la cazadora y lo que llevo en los bolsillos: un lápiz, el diario, el móvil sin batería y el botellín de Balzams. Andamos en silencio hasta el centro mientras la ciudad todavía duerme, aunque parezca mediodía.

—¿Estamos yendo a algún sitio?

—Sí, tengo una idea. Es una sorpresa —dice Andrea. Luego añade—: Pero antes demos una vuelta.

Recorremos parte de Aleksandra Čaka *iela*, después Krišjāņa Barona hasta el centro, vamos hasta el canal, pasamos frente a la ópera, la universidad central e incluso nos metemos en la ciudad vieja mientras intento adivinar a dónde vamos. Las avenidas y los parques nos reciben contentos, igual que si se hubieran despertado solo para nosotros. Pero luego nos desviamos, damos media vuelta y nos metemos en la calle que pasa junto a las vías del tren.

La estación aparece de repente. Ando esperando que en algún momento Andrea dé media vuelta. No la da.

—¿Qué hacemos aquí?

—Usar las horas, como dices tú. Hagamos un último viaje —me dice con los ojos muy abiertos.

—¿Ahora? ¿A dónde?

—No lo sé. A donde vaya el primer tren. Venga.

Me coge del brazo y me tira hacia dentro.

—Pero no llevamos nada encima. Ni siquiera tengo batería en el móvil.

—No lo necesitas.

Se echa a reír como un loco mientras vamos hacia las taquillas. No sé si el café decide hacerme efecto justo entonces, o si se me contagia su risa, pero se me acelera el corazón, lo cojo del brazo, ando más rápido.

—Vale —digo—, vamos.

Me viene un poco de invierno con el olor del tren, con la forma de los pasillos y de los asientos. Pero nos sentamos junto a la ventana, uno delante del otro y repetimos, todavía atragantados con nuestra propia tontería, que son las nueve de la mañana. Que estábamos en la fiesta y de repente ahí. Que Jules se despertará y verá que no estamos: pensará que hemos bajado al súper, que seguimos en el balcón; estaremos en la otra punta del país.

Después el tren arranca y me pongo más seria. Me acuerdo de cómo se movía todo la última vez y procuro desechar el pensamiento de que terminará igual. Subo la música para oírla por encima del traqueteo del tren, de los pasos nerviosos de otros pasajeros.

Empiezan a pasar frente a nosotros las primeras paradas, las que nos alejan de la ciudad. Sigo subiendo la música con cada una que dejamos atrás. La subo un poco en Jāṇavārti, un poco más en Šķirotava y la sigo subiendo con la distancia de forma que noto los auriculares cada vez más metidos en la cabeza, como dos perforadoras que avanzan hacia el centro hasta encontrarse. Con las canciones, el dolor de la cabeza partida se instala en mí, se esparce por los rincones de la frente; granadas que corren hasta el lugar donde van a explotar.

Me arranco los auriculares. El tren sigue siendo un tren, aunque suena más fuerte. Estoy sentada, pero siento un peso encima, igual que si mi cuerpo estuviera pegado al suelo bajo un alud de gente en uno de esos eventos divertidos que terminan en tragedia.

Andrea me mira y dice algo; su cara se deforma mientras habla, no creo que él se dé cuenta. El movimiento de las ruedas sobre las vías sacude el vagón de arriba abajo de manera que el horizonte se pierde. Un mareo y un cosquilleo que nace en los dedos me trae de golpe a la mente mil formas terribles de morir y me convenzo de que son todas mías: una intuición acertada, una visión, una condena a saber lo que está a punto de pasar.

Abro un camino de lágrimas que huyen de mí rápido hacia mis zapatos. No las culpo por querer marcharse, pero cierro los ojos para que no lo consigan y aprieto los párpados tan fuerte que veo luces flotando en un espacio indefinido, parecidas a las que describió mi padre al contarme cómo es que se te desprenda la retina.

El tren se ha convertido en un montón de chatarra que también está en un espacio indefinido cuando abro los ojos. Una trampa en la que he caído, un trayecto hacia un destino que no existe. Un final. Por la ventana pasan a toda velocidad manchas verdes. Intento distinguir árboles, campos y lugares, pero veo solo rapidez, prisa. Prisa por llegar a ese sitio que no existe, a un después que no existe.

Prisa, aire, pausa y vuelta a empezar. Avanzan los minutos mientras abro y cierro el mismo ciclo muchas veces. Dejo de entender la realidad y mi entorno. Si nada de eso es real, me he perdido; si lo es, también. Me quito la cazadora, me agarro la camiseta y tiro de ella y de la piel de distintas partes del cuerpo. Quiero hablar, pero la mandíbula me tiembla más que los muslos, que me tiemblan más que los brazos, que me tiemblan más que las maletas tiradas encima de los asientos, amenazando con caerse en cualquier momento y provocar un gran estruendo.

Durante ese trayecto, ante mí pasa Barcelona como los bosques. Pasa mi cuarto de niña con las fotos arrancadas, pasan las cuestas que quitan el aire, las bolsas de plástico volando por los aires, las botellas vacías por el suelo, las calles llenas de gente que corre y el miedo en las pancartas, mi ropa comprimida, mi madre comprimida, las arañas escondidas, Àlex escondido del mundo, el tiempo pasando como las manchas verdes de la ventana, yendo con prisa a ninguna parte. Y pasa Riga y los baches en el asfalto, el coche chocando contra otro coche, las ventanas rotas, las iglesias enormes y las casas enanas, la furgoneta con polvo, la nieve acumulada en las esquinas, las esquinas de mi piso, los pantalones manchados de cubata pegados a mí, el aire convertido en vaho, mi respiración al descubierto, mi respiración en alto, mi forma de ahogarme, los lugares donde me he ahogado y la cama de mi cuarto, con todas estas cosas dentro.

Pasan mezcladas y muy rápido. Entre una y otra le pido a Andrea con la mirada que me ayude, que me las quite, que me saque de mí, de ahí, del espacio indefinido. Me tiene cogida de la mano, dice cosas que no oigo.

No sé cuánto tiempo pasa, quizá veinte minutos, quizá cuarenta. La gente que entra y sale del tren me oye ahogada y me mira en silencio. Y miran a Andrea, que tiene la espalda encarada al pasillo y, sin llegar a tocarme más que la mano, me cubre con su cuerpo como si me estuviese cambiando de ropa en la playa, como si de esa forma no pudieran molestarme.

Dejamos más y más paradas atrás; en cada una tengo la tentación de bajarme y huir igual que las lágrimas. Pero como nada cambia, asumo que no voy a poder salir, que desde ese momento las cosas están deformadas, a medias, decepcionadas por mi forma de verlas. Asumo que existir será un terror disimulado; que a partir de entonces lo será o que siempre lo ha sido y yo no lo sabía.

Me levanto.

—Nos tenemos que ir —digo.

—¿A dónde? Es un tren.

Avanzo temblorosa entre los vagones hasta dar con una puerta. Me agarro a la barra para no caerme con el traqueteo. Delante de mí, la ventana se traga mi mundo y las manchas verdes me rodean, me obligan a mirarlas. Rápido, rápido, rápido hacia ninguna parte.

Aparece Andrea a mi lado cuando un chirrido cada vez más elevado me perfora la cabeza, igual que los auriculares. Y deseo que pare, por favor, que pare. Que se pare todo. Me tapo las orejas con las manos, esperando que no se me meta nada más dentro. Que no pierda la cabeza entre las maletas de otra gente, mi asiento vacío, el suelo temblando; ¿la he perdido?

Abro la puerta y nos arranco a Andrea y a mí del vagón justo en el momento en el que el tren se detiene. Me trago las escaleras de un salto, doy unos pasos hasta agacharme a tocar tierra firme. Andrea se reúne conmigo e intenta levantarme, pero enseguida el tren silba y, apenas a un metro de nosotros, el chirrido vuelve con el movimiento. Un vagón tras otro levantan un viento que amenaza con arrancarnos del suelo.

Nos cogemos y esperamos a que pase. A que termine.

—¿Cuándo se acabará? —le pregunto con la cabeza entre los codos.

La nada existe y es el lugar en el que nos he sacado del tren. La parada consiste en un cartel, un horario que indica que no va a pasar ningún tren hacia Riga en las próximas dos horas y hierba alta hasta el horizonte. Ni casas, ni gente, solo vías y verde. Por lo menos no son manchas ya. Por lo menos se puede ver poco a poco.

—No entiendo quién baja aquí voluntariamente —dice Andrea una vez que se ha levantado, sacudiéndose el polvo del pantalón.

Yo me incorporo más tarde, miro el entorno cosa por cosa: el cartel, el horario, la hierba. Son las once de la mañana y el calor aprieta, mi ropa empieza a hacerme sudar. Todavía desconfiando de la realidad, me quito el pelo de la cara, me arremango la camisa y dejo los brazos rodeándome el cuerpo, las uñas amenazando la piel y los ojos en las vías por donde se ha ido el tren.

Al verlas así, tranquilas y calladas, me parecen una ruta cerrada que lleva a un lugar muy concreto y muy de golpe. Una ruta que no deja posibilidad de elegir en cuánto tiempo se llega ni cómo. Y a su alrededor, una infinidad de metros en los que todavía no hay camino, ni recorrido.

—Hay que volver atrás, hay que andar —dice Andrea.

—¿Hacia dónde?

—Hacia Riga —dice señalando el lado opuesto de las vías—. Hemos pasado por un pueblo hace poco. No estará lejos, podemos llegar. Habrá más trenes.

—No vamos a donde habíamos dicho, pues —digo mirando el suelo.

Andrea se pasa las manos por el pelo y suspira.

—¿Cómo vamos a ir, Abril, cómo vamos a ir? —dice acercándose mucho.

Y como yo no contesto, se pone a contestarse solo, andando hacia ninguna parte entre los raíles, yendo y viniendo, comiéndose sus propios pasos y sus propias palabras.

—Es que no te entiendo. Nunca entiendo. Me pides si puedes dormir conmigo, pero me mientes cuando te pregunto por qué. Quieres pasar tiempo conmigo, pero luego no estás. Estás como en otro sitio, ¿dónde estás? —dice llevándose el dedo índice a la cabeza y con el ceño fruncido—. Quiero ser tu amigo y estar donde tú estés, pero no sé cómo llegar allí. —Se atraganta con el castellano, se concentra—: ¿Qué ha pasado? ¿Qué pasa? Quiero entenderte, pero no hablas conmigo, no me explicas, no entiendo.

Mientras él espera paciente a que diga algo, mientras intento pensar en qué decir, en entender lo que tampoco entiendo, en no seguir siendo el tipo de persona inepta que hace y hace y no dice nada, me llevo las manos a la cabeza. Vuelvo a mirar el punto por donde el tren se ha ido y, ante ese vacío, suelto una traca de insultos. Mirando a Andrea, que se queda blanco como si fueran dirigidos a él, añado:

—Me lo he dejado todo. El diario, el móvil, la cazadora, todo. El tren se lo ha llevado todo.

Después de un rato en el que ninguno de los dos está con el otro, nos ponemos de acuerdo en inventar caminos entre la hierba, cerca de las vías para no perdernos. Andamos con la mano haciendo visera ante el sol de junio, en línea recta, yo detrás de él. Por mucho que avanzamos, parece que sigamos en el mismo sitio porque el paisaje no cambia. Cambia solo el calor, que es cada vez más potente y convierte en abrigo mi ropa negra. Andrea se ata a la cintura la camisa de cuadros, arrastra los pies y suspira cada pocos minutos. Yo me recojo el pelo y me quedo en tirantes, aceptando que el sol se coma la piel y sus marcas y las deje tan quemadas como imagino las cicatrices de mi madre después de la radiación.

El trayecto se hace largo. Optamos por no hablar y suena el motor de algún coche, nuestros pies sobre la tierra, la ropa rozando el cuerpo, las hojas, los pájaros y algunas gaviotas; ¿estaremos nosotros más cerca del mar de lo que creo, o ellas más lejos de lo que creen?

No sé qué hora es, ni si alguien cuidará de mis dibujos perdidos en un asiento, ni si en mi móvil habrá mensajes que no voy a leer. Así, andando con familiaridad entre tanta incógnita, el camino se transforma en una transición entre nuestras dos últimas anécdotas juntos: la del tren y la del momento en el que lleguemos al pueblo que Andrea ha visto por la ventana.

Me pregunto si por ese entonces las cosas seguirán igual entre nosotros. Pienso en el vacío de lo que no nos decimos. Pienso en lo quebradizo de nuestra relación, de nuestros planes; se acaba el tiempo y acabamos así.

—Me siento como ahora —digo al final.

—*Che dici?*

—Lo que me has preguntado antes. Es como ir a un sitio que no sé cuál es, ni cómo de lejos está.

Andrea se para y me espera. Nos ponemos a andar uno al lado del otro.

—Ni siquiera sé si voy a llegar.

—¿Y qué pasa cuando llegues?

Pasamos el rato inventando hipótesis sobre lo que podría pasar —algunas son terribles y otras estúpidas—, hasta que Andrea dice:

—Quizá no pasa nada. Quizá tu lugar es decepcionante.

—Pero entonces no sabré que he llegado, si no pasa nada.

—Es que igual ya has llegado y no lo sabes.

Me lo pienso.

—No. No creo.

Damos con la carretera por donde pasan los coches que se oían desde la vía del tren. Pocos metros después encontramos una gasolinera: no es lo que queríamos, pero es algo. Invertimos tres de los euros que tiene él en el bolsillo en comprar helados y tener la sensación de que hemos ido hasta allí por un motivo.

Terminamos en una parada esperando un bus que no sabemos a dónde va porque no entendemos los carteles. Aun así, nos subimos sin intentar preguntar ni nada. Dentro nos mezclamos mal entre gente callada y le hablo a Andrea sobre la fragilidad del presente, sobre la fragilidad de la salud.

Le hablo sobre la vergüenza y el sinsentido de depositar un pánico muy grande en algo muy pequeño.

Fuera Andrea me habla sobre su manera de desaparecer, sus dificultades al abrirse y al llorar de más y escucho. En el pueblo elegimos unas calles por intuición. Logramos comunicarnos con una mujer y entender en letón —debatimos un poco qué significan sus palabras mientras ella nos mira y espera— dónde está la estación de tren.

—Lo siento por todas las cosas que no te he contado —dice Andrea mientras la buscamos—. Pero confío más en ti que en nadie.

Nos apretamos fuerte la mano y encontramos juntos una pequeña plaza de colores, con un edificio antiguo que resulta ser la estación. Nos plantamos en el lado de las vías en el que hay más personas, donde los carteles indican la capital, y perdemos más tiempo todavía. Esperamos sentados en el suelo.

Cuando vuelve a hablar, su voz es la única del andén y el castellano con acento italiano, el único idioma.

—¿Estará alguien preguntándose dónde estamos?

—No —contesto—. Solo nosotros mismos.

El tren llega a la hora prometida en las pantallas. Pero justo antes de subir, me detengo en seco.

—No creo que llegue a ese lugar —digo buscando la mirada de Andrea.

—Yo creo que sí. —Sube al vagón y me ofrece la mano—. Y que estarás bien.

Poco más tarde, a los dos nos despierta a la vez el movimiento de la gente al levantarse cuando la velocidad aminora. Por las ventanas, mil vías cruzadas, cables, los edificios marrones de la ciudad. Me sorprenden mi tranquilidad repentina y el cielo azul, mis ojos cansados y el color de la estación bajo el sol del mediodía. Parece que anoche fuera otra vida, que las últimas horas sean tan lejanas como la infancia. Noto un agotamiento presente en todo el cuerpo que intenta paralizarme; por una vez es agradable, como el sol de mediodía que acaricia e inmoviliza cuando hace frío.

Una vez en el taxi pagado con los dos euros cincuenta que le quedaban a Andrea en el bolsillo, memorizo el recorrido hasta Bruņinieku como si creyera que es posible no olvidarlo: cada giro que damos, cada ventana por la que pasamos, cada local que reconozco. En voz baja repito los nombres de las calles y de los cruces igual que hacía con las palabras y las frases antes de los exámenes de letón.

En nuestra calle, Andrea y yo nos damos un abrazo muy largo. Podría de golpe pasar medio año más.

—Te acompaño al aeropuerto.

—Vale, ahora te veo.

Y en mi piso, las maletas me reciben y las paredes verdes me parecen bonitas. El sol ilumina toda la casa y me apetece dormir diecisiete horas seguidas en el rincón de la cama que no está manchado y limpiar las esquinas, cambiar de sitio las sillas, abrir las ventanas.

Pero recojo lo poco que queda, lo cierro todo.

El próximo verano está tan a punto de empezar como el presente de terminarse. Se nota en la forma en la que acompaño la puerta del piso a su cierre. Se nota en la ropa de mis amigos, más colorida que nunca, y en cómo se reparten mis maletas para cargarlas hasta el patio, en cómo llamamos a un taxi en la calle.

Es la ilusión de un verano que solo empieza, que todavía no se ha transformado en un cúmulo de semanas abrasadoras que distorsionan el paso del tiempo.

—Mira, nos ponen un bar delante de casa —dice Andrea señalando un andamio que ha aparecido en la otra acera.

Elke dice que cuando nos marchemos pasarán cosas buenas en Riga sin nosotros. Pero antes de que llegáramos ya pasaban.

—*This city will change.*

—*We will change too.*

Cuando llega el coche, en mis amigos veo un día a día sin más días. Una vida que se queda colgando como un ahorcado, esperando a que alguien la rescate o la deje morir. Abrazo tanto y tan fuerte que dejo un montón de células mías por todas partes. Y sin saber si tenemos algo más que decirnos, me arranco de ellos porque voy tarde; maldigo a la Abril del pasado, la que tenía semanas por delante.

Subida en el taxi con Andrea a mi lado, saco la cabeza por la ventana mientras los veo mover los brazos, gritar frases que casi ni oigo, hacerse pequeños en medio de mi calle fea que ya no es fea. Con las manos haciendo de altavoz a ambos lados de la boca, les grito que los veré muy muy pronto. Luego me pongo a llorar porque se me ocurre que, con bastante seguridad y sin querer, lo último que les he dicho sea una mentira.

La Riga veraniega desaparece por la ventana enseguida. Aprovecho el trayecto para escribir a Àlex y a mis padres desde el móvil de Andrea y decirles que estoy de camino, que embarco a tal hora y todas esas cosas que le dices a la gente a la que quieres antes de coger un vuelo por si justo te toca el que sale mal.

El aeropuerto me resulta más inocente que hace medio año. Andrea entra conmigo y con mis maletas, me acompaña al *check-in*. Cuando me piden datos, yo los doy: se me queda pegada la frase «I'm going to Barcelona», como si en esas pocas palabras cupieran tantas otras que no me pasaran por la garganta. Me cuesta mucho subir las tres maletas a la cinta, no me cuesta nada verlas marchar.

Andrea me sonríe con la cara de cuando empezó la primavera y subimos a ver la ciudad nevada desde la torre de la Svētā Pētera *baznīca*. Andamos juntos hasta el control de tarjetas de embarque.

—No sé si nos veremos otra vez —me dice.

Al principio, me reboto —le digo que no sea tonto, que nos visitaremos—, pero él me corta y, con una seguridad repentina, afirma:

—No será lo mismo. Y los dos sabemos que nos hemos gastado todo nuestro dinero.

—Bueno —digo tranquila, pero a continuación lo pienso mejor—: Ya se verá, ¿no?

—Solo digo que será distinto. Ve, no quiero que pierdas el avión —añade enseñándome la hora—. *I mean*, sí quiero. Pero no deberías.

Esa vez nos abrazamos rápido. Le dedico las pocas palabras bonitas que conozco en italiano. De tener el pecho de uno pegado al pecho del otro pasamos a tener el brazo agarrado y del brazo a la mano, de la mano a los dedos.

Sin poder decir nada mejor o peor, me alejo. Pero se me ocurre otra cosa cuando ya estoy lejos y la grito lo suficientemente alto como para que la gente de mi alrededor me mire mal.

—Quizá distinto no es peor.

Cruzo el control de seguridad, dejando que abran, miren y remuevan mis cosas, y cuando vuelvo a buscarlo ya no lo encuentro.

Paro de correr cuando veo el nombre de mi ciudad escrito en la pantalla de la puerta de embarque. Me dicen que tengo suerte. Sin segundos para más, doy mi tarjeta y mi DNI a la mujer que los pide.

—*Paldies* —digo cuando me los devuelve.

Justo después, el personal del avión me saluda en catalán. El vuelo se me hace corto, no da tiempo a cambiar de vida en tres horas y media. Las invierto en mirar el cielo y en cerrar los ojos; la ausencia de móvil convierte mis auriculares enredados en una posibilidad perdida.

Me despierto cuando, desde la ventana, Barcelona es un conjunto de luces junto al mar. Y me parece pequeña, mucho más que antes. Parpadean en la noche Collserola, las tres chimeneas de Sant Adrià, la torre de Calatrava en Montjuïc y otros lugares cuyos nombres nunca intenté memorizar. Aterrizamos sin más, sin que yo haya llegado todavía.

Sigo los carteles hasta las pasarelas del equipaje. Espero paciente mis tres maletas; a diferencia de otras veces, no me pregunto si las habrán perdido y me quedo ahí parada entre gente que sí está en Barcelona, que se hace con sus cosas, que desaparece por la puerta automática en la que se lee «Res a declarar».

Voy colocando las maletas en un carro, una encima de la otra. La tercera es la última de todas en aparecer por la cinta. Empujarlas es más fácil que arrastrarlas, lo hago sin dificultades. Aunque soy la única que no la ha cruzado todavía, ando hacia la puerta tranquila, con calma, como si no tuviera ningún lugar al que ir; me gusta saber que se abrirá cuando yo me acerque a ella, no antes.

A los pocos pasos, me pregunto si al otro lado habrá alguien que haya venido a buscarme. Me pregunto si habrá venido Àlex, si habrán venido mis padres, si habrán venido mis amigas. Si no hubiera venido nadie, me digo, tampoco pasaría nada. Si no ha venido nadie, volveré sola.

Como sigo andando, el sensor me detecta y la puerta se abre.

Esta novela no habría visto la luz si no fuera por las libretas acumuladas en mi cuarto; las redacciones del cole; las asignaturas de literatura; las amigas de la infancia que aseguraban que de mayor escribiría un libro y ellas lo leerían; las compañeras de escritura que saben lo que dicen; las compañeras de escritura que al leerte sonríen y asienten, como afirmando que tú también sabes lo que estás diciendo; Patricia, que me enseñó a afinar y a reconocer mi voz; Marina y las birras, los consejos, los comentarios; Carolina y lo que ya entiendo; mi familia y las páginas, el tiempo y el espacio para que pudiera escribir; el privilegio de poder escribir; las amigas que me leen, cuidan y protegen; todas las amigas que se sientan reflejadas en lo que acabo de decir; Arnau y su fe ciega y atemporal en mis palabras; Marta, que decidió leerme y apostar; Marta y Aranzazu, que me han dado una oportunidad y un espacio en Lunwerg, que han creído en la novela desde muy al principio y hasta muy al final; estas y tantas otras cosas que no me caben ni en la cabeza, ni en la palabra *gracias*. Y, sobre todo, la persona que está mirándome mientras escribo esto. Sin su paciencia, su sinceridad y su calma no estaría aquí. No lo estaría si no fuera por su manera de repetirme que todo está bien. Tenies raó, tot estava bé.